猎

HEADHUNTER

Liè

曹雪岩 著

人民东方出版传媒
東方出版社

目　录

1993年，中国第一家猎头公司的成立开启了中国现代猎头元年。在21世纪最初几年，中国猎头行业进入了发展和扩张的新时期。尽管当时还有很多人对“猎头”闻所未闻，但暗涌中捍卫与妥协、守护与掠夺的博弈，已经开始。

本书讲述的正是这个时期在猎头界上演的一幕幕智慧的交锋与人性的较量。

楔　子

九月的双山市十分闷热，植物已开始衰败，路边的花草微微泛黄，有气无力地耷拉着。汗水成了黏合剂，把皮肤和衣服黏在一起，行人大口喘着粗气，埋头抓紧赶路，只想尽快逃回空调房，好摆脱这份窘迫。

不过在孟氏大厦，气氛却格外严肃清冷。

孟氏集团是双山市的龙头企业，20 世纪 80 年代以生产简单设备通用零部件起家，经历了改革开放初期的爆发式发展，也经历了 90 年代的瓶颈突破，直至近几年完成了多元化转型和结构升级。如今提起国内的生产设备研发和制造企业，没人不对孟氏高看一眼，其研发机构堪比一个优秀的理工科研究所，其产品种类和品质足可举办一场小型博览会。其生产基地俨然一座小镇，基地内的道路四通八达，生活学习娱乐设施一应俱全。

以这样的实力拥有数家上市公司不足为奇。孟氏集团为双山市提供了数万个就业岗位，无论是收益还是声望，在双山市均独树一帜。

尽管孟氏集团总裁孟云女士年过半百，又身患疾病，极少出现在公众场合，但“孟半城”的称号早已家喻户晓。

孟氏集团的大本营是孟氏大厦，这里每天来来往往无数人，几乎是凭一己之力撑起了整片 CBD。这里的人似乎也跟其他地方不同，无论是谁，都能够忽略高温，把正装穿得整整齐齐，一丝不苟。此时，在孟氏大厦前下车的一位中年人堪称其中的代表。他身着剪裁得体的深灰色西装，头发精心打理过，中等身材，相貌英俊，一举一动颇具活力，十分精神。只是，他似乎很是不快，表情凝重，眉头紧锁，面如寒冰，看起来让人心生几分畏惧。

他侧身对司机轻声吩咐了一句，就匆匆走进孟氏大厦。他并没有注意到，一个长焦镜头早已对准了自己……

第一章　孟氏阴云

会议室里鸦雀无声，气氛沉重而压抑。所有窗户都被窗帘挡得严严实实，连半丝阳光都透不进来。明明是艳阳高照的白天，可这里却漆黑一片，出奇地阴冷。屋子正中放了一台高清投影仪，投影布上正一张一张地切换着图片，而图片里的人，正是孟氏大厦前的那位中年男子。

“这就是孟氏集团的常务副总裁——程东，我们计划的第一步。”一个身影动了动，略带沙哑的声音在会议室里响起。

“老板，为什么不是孟氏的首席技术员？那样会更容易得手。”一个身材高挑的年轻人一边说，一边切换了图片，图片上是一位戴着眼镜、表情有些木讷的中年人。

被他称作老板的人伸手摸了摸下巴，冷笑了一声：“我们的目的只是让孟氏出现一场可控的风波，而不是让它彻底垮掉。正常运营的孟氏才是我们嘴里的肥肉，垮掉的孟氏对我们来说一文不值。”

年轻人切回程东的照片，狠狠地盯了一会儿，开口道：“程东跟着孟云打拼了这么多年，早已融入了孟氏，孟云对程东不薄，动他……难度太大。”

老板回头看了看年轻人，用一种近乎命令的口吻说道：“你记住，猎手的眼睛盯着的是猎物的实力，而枪口对准的是猎物的弱点！程东，他必须离开孟氏！”

年轻人似乎没有想到老板会有这么大的反应，有些发愣，几秒之后才问道：“您这么费心地策划如此大的一个计划，真的有必要么？”

老板的沉默令会议室的气氛更加压抑。他努力平稳情绪，控制声线：“六年了！就算一个三流的间谍也比我得到的多得多，无论如何，这次我不能空手而归！”他夺过翻页笔又切换了一张图片。图片上是一个年轻漂亮的女孩。女孩长发飘飘，青春活泼，看上去是个大学生。这就是孟云唯一的女儿——孟幻琪。

年轻人有点疑惑：“就她？您真的觉得她能行？”

老板什么都没说，只是冷冷一笑。

孟幻琪现在很焦躁，非常的焦躁。

她穿过孟氏大厦的大厅，走上前往会议室的电梯。步履匆匆，满脸急切。

会议室门前站了很多人，孟幻琪发现除了总裁助理任丽以外，自己竟一个人都不认识。有不少穿着西装的壮汉和身着执勤服的保安，甚至还有医护人员在一旁坐着，这一切都让气氛显得分外诡谲。

任丽本是出来取一份资料，正巧看到了孟幻琪，她有些愕然，似乎没想到这丫头会出现在这里。不过仅仅一瞬间她就恢复了常态，迎上去把孟幻琪隔在门外。

“发生了什么事？”孟幻琪听不到会议室里面的声音，只能问面前的任丽，希望能从她嘴里听到些准确的消息。

“幻琪你不在学校，怎么跑到这里来了？”任丽的语气中带着些关心和责备。她跟着孟云已经很久了，与孟幻琪也特别熟悉，如同孟幻琪的姐姐。

“丽姐，有人给我打电话说妈妈在公司出了事，什么事？怎么会有这么多保安，妈妈平时不是最讨厌这种排场吗？”孟幻琪眉头紧锁，说话又快又急。

任丽看着孟幻琪，心中怅然，但也只能笑笑说：“没什么事，正常工作。你都快毕业了，赶紧回学校吧！好好读书，别让孟总担心。”

“没事？没事怎么会有护士？怎么会有这么多保安！”孟幻琪对任丽冠冕堂皇的话十分不满，不禁提高了音量。

任丽赶紧把她扯到一边，小声劝阻：“幻琪，你别这样！里面正在开非常重要的紧急会议！”

“什么紧急会议，究竟发生了什么事？”孟幻琪目不转睛地盯着任丽。

任丽顿了顿说：“其实真的没什么大事，只不过集团最近发生了些变化，需要孟总出来主持大局，你也知道你妈妈的身体一直不太好，所以找来了医护人员，这样更妥帖。”

孟幻琪听到这儿，心中大异：“往常出事，不都是程叔叔来主持大局吗？”

任丽沉默了一会儿，才叹了口气说：“这事早晚也瞒不住你……程东突然离职了。”

孟幻琪愣了一下，吃惊地问道：“突然离职?！怎么会？程叔叔不是一直都做得很好么？再说，妈妈一直都把他当亲人，从来没亏待过他啊！为什么会这样？”她简直无法相信。

“现在不是说这些的时候，你先回去，等孟总忙完，自然会跟你联系。”

孟幻琪想了想，央求道：“那我也得先看妈妈一眼才放心。”

任丽有些无奈：“幻琪，孟总交代过，没有她的批准，谁都不能进会议室……”

“出了这么大的事，她的身体能撑得住么?”孟幻琪眼中泛起泪花。

任丽略作思考，快步走向会议室门口的保安，跟他说了些什么，然后回过头对孟幻琪说：“幻琪，你就在门边看看吧。千万不要进去。”

任丽说完推门走进会议室。门没关严，孟幻琪在保安的监督下，透过小得可怜的缝隙隔空凝视着母亲。

空旷的会议室内坐着十几位孟氏高层，一位 50 多岁的女士端坐在轮椅上，眼神坚定锐利，声音铿锵有力。

“铁打的营盘流水的兵，企业人员的流动再正常不过了。我这个总裁不是还在吗?！程总已经为孟氏操劳了这么多年，把孟氏推到这个高度，培养了这么多人才，不应当遭受这么多的非议。他的离职是挑战也是机会，是把更多的机会留给了我们其他同事。孟氏这么多年，什么大风大浪没见过，照样乘风破浪！只要有我孟云在，天塌不下来！”

孟幻琪的目光穿过门缝，紧紧盯着孟云。独自一人把她带大的母亲，一直坚强勇敢、雷厉风行，工作起来比男人还有魄力、有气场。可是母亲老了，疾病缠身，她在说话的时候紧紧握住轮椅的扶手，努力地支撑着自己的身体。孟幻琪咬着嘴唇，心中一阵酸涩。她实在不忍心看到母亲在这种状态下还要不停操劳，但她也只能眼睁睁地看着。

任丽来到孟云左手边的位子坐下，展开资料。

财务孙总监按捺不住，率先开口："孟总您误会了，我们跟着孟氏风风雨雨这么多年，怎么会因为这点小事让您担心呢！我们只是为您抱不平，在座的谁不知道，程东虽然是常务副总裁，可您几乎是把整个孟氏都交给他了，您对他那是太够意思了！就拿我老孙来说，我只是财务总监，但集团上上下下的事，只要我能出一分力的，我从不计较、绝无二话。这些年下来，我几乎成了程东的副手！不为别的，只为全力配合程东、支持您，将孟氏做大做强！但程东万万不该做出这种事！一点交代都没有，拍拍屁股走人了！幸亏我们都能独当一面，对他之前的工作还都有了解，要不然还不知道乱成什么样子！"

孙总监话音刚落，生产基地的唐总紧随其后："孙总监说的是啊，咱们孟氏的生产基地是何等规模，从生产到仓储、从采购到物流、从人员到交通等等，这么多年出过问题吗？哪一点儿让程东和集团操过心？我们这些人兢兢业业为孟氏操劳，配合程东的工作，支持孟总的事业，他这样做太让人心寒了！而且，孟总您现在的身体状况我们大家都很担心，如果再像以前那样劳累，恐怕您吃不消啊！现在当务之急是要找人补程东的岗位，为您分忧解难。"

没等孟云说话，孙总监马上应道：“唐总说得对啊！这真是当务之急！程东在孟氏这么多年，无论在集团内部还是在社会上的影响都很大，这样重要的岗位出现空缺的消息一旦传出，对孟氏恐怕不好……”

“对内部的影响老孙你多虑了，别的部门不归我管，我没有发言权，但就孟氏的生产基地来说，我保证稳如泰山。重点是社会影响太不好了！”

“如果新的人选快速到位，怎么都好解释。但位置空着，外面一定会传出各种猜测，到那时我们就被动了！”

“我非常赞同孙总的观点。孟总您看……”

众人再次将目光转向孟云。

孟云眼神深邃，面带微笑，并不着急说话，只是看着孙、唐二人。

孟云心里明白，眼前的这两员大将，从资历到能力、从作用到贡献，基本达到了程东接替者的人选资格，而且二人也正有此意。

但在商海沉浮多年的孟云，此刻绝不会作出重新任命常务副总裁的决定。

程东的离职发生得太过突然，原因没有查明，背后有没有隐情尚未确定，此时作出决定过于草率；孙、唐二人都是绝对重要的骨干，任命其中任何一人，另一人必然不服，也会不悦，若在这个非常时期不能团结一致，定对孟氏不利。抛去这些客观原因不说，单从情感来讲，孟云也非常反感他们的做法。程东在自己创业初期开始帮助孟氏走到今天，他是什么样的人自己怎会不清楚？孟氏哪一步的发展没有程东的心血？现在事件疑点重重，真相还没有弄清就恶语中伤自己的原上司，还打着为孟云抱不平的借口，这种表现怎么能委以重任？

当然，孙、唐二人如果毫无职业操守也不可能在孟氏走到今天。他们在孟氏多年，能固守一方、成绩出色，便有了晋升的基础和争夺的资本。人在此时很容易迷失自我，加之又遇到这样一个千载难逢的机会，更容易因急于求成而犯错。

企业用人之道不能以个人喜好为标准，也很难有非黑即白绝对清晰的界线。人有用，你能用好，或为企业创造价值，或为企业减少损失，若没有更合适的人，只要不触及法律红线或做人的底线，这个人就还得用。孟云虽然深谙此道，但摆在她面前的问题实在棘手……

会议室玻璃幕墙外的天空中堆积着一块块厚厚的乌云，似乎要连成一片阻挡阳光。一阵强风挤压过来，云层就像被重击的冰面，裂缝迸散、极速蔓延，一道道阳光就如同一把把锋利的尖刀，穿透浓云，在地面上切割出破碎的残影。

孟云从孙、唐二人身上收回了目光，语气肯定、声音洪亮地说道："有道理。大家想想，如果是程总面对目前的状况，他会怎么做？"

研发中心的田总并不关心谁来接替程东的位置，他举起手，急切地说道："孟总，抱歉打断一下，郑福山前些天发生车祸，现在还在ICU病房，他负责研发的新一代电机项目已到最后阶段，现在我们要马上解决他的治疗费用、项目接管、人员调整等问题，这需要人力资源、财务、行政、研发、法务等各个部门协调处理……"

孙总马上抢过了话："这不又回到了刚才讲的问题上了吗。这么多部门共同协调处理，没有一个替孟总分担、总揽全局的人，怎么能行?”

“郑福山的困难一定要解决。但我们是不是要同时启动对程副总突然离职原因的调查?这样我们可以预防类似事件再次发生。”人力资源部的曲经理从她的工作角度阐述了观点。

这次唐总没给孙总抢话的机会:“所以常务副总裁的人选就更应该严格、谨慎!”

孟云叹了口气,看了看任丽。任丽心领神会:“刚才各位提出的意见我个人认为孟总会协调各部门及时、妥善处理。如果是程副总在,他会在全力保证集团工作正常开展的同时,马上启动此次事件的公关程序,以消除负面影响。”

“具体怎么做?”孟云问道。

“公关计划分三步实施。一、进行冷处理。不再发新的消息。孟氏高层签署针对该事件的保密协议。二、以正面消息引导公众。适当释放孟总身体情况好转、视察孟氏的消息,以便为今后被问及此事时进行预先的准备;将我们近期完成或将要完成的新产品、新技术,分成10天平均在我们的网站进行公布。10天后,组织新产品、新技术新闻发布会,邀请我们的关系媒体参加,并进行报道。三、准备后续应对措施。包括此次公关的效果评估、补充方案的制订与调整、所有高管在此次公关活动中表现的考核、在此期间日常工作的效率和结果的对比统计等。”

任丽从资料中拿出若干份《保密协议》交给曲经理:“曲经理,这是《保密协议》,您审核一下,如果没有问题,在场的所有人——包括孟总和我——签完字后，将由你们人力资源部存档。”

曲经理心领神会，接过《保密协议》仔细看了起来，片刻后向任丽和孟总点点头，便分发给各位高管。见孟云淡然地签完字，孙、唐二人皱了皱眉，看了看彼此，微微摇了摇头，签了字。待曲经理收回全部《保密协议》，任丽又将另一份资料挑选着分发给了大家。

“这是此次公关计划的细化方案，具体到每个部门、每个人、每个时间节点。大家手中的资料只体现与各位个人或各位所在部门有关的内容，完整的内容只有孟总和我这里有。如果各位对手中方案的内容没异议，就按照这套方案执行。请各位仔细看一看。”

孟云显得有些疲惫，但还是微微带笑看着在场的人。她的目光并没有在孙、唐二人身上多停留一秒，但这二人却感觉到了阵阵不适。

公关方案全员通过。

但让人觉得奇怪的是，孟云竟略显疑惑地看着众人。“这份方案事关孟氏和在座所有人的利益，你们就没有什么改进的意见?!”

无人发言。孟云这才向任丽递去一个赞许的目光：“嗯，表现得不错。不过比起程东来，你们还得再加把劲儿啊!”

紧接着，孟云把目光转向唐总：“老唐啊！你这个生产基地的老总一直干得不错。但现在有人给你找麻烦了，还不止一个。”

众人闻听此言，皆是一惊，想着这企业内部利益的争斗很常见，孙、唐二人的矛盾也没到必须挑明的地步，不知孟云为何会选择此时将之公开。此时的孙、唐二人除了吃惊，还异常紧张。

孟云似乎什么都没看见，接着说道：“在我们生产基地周围冒出了不少作坊式的小厂，生产我们日常消耗量较大的零部件。这件事该怎么解决?”

唐总一听是这件事，不禁松了口气。但更大的压力瞬间袭来——这绝对是个极大的难题，目前毫无头绪。

孙总见状暗自欣喜，但孟云根本没给他舒展表情的机会：“老孙啊！基地周围小厂子问题的解决，一定离不开你们财务部。还有，郑福山是跟着孟氏 20 多年的技术骨干，贡献很大，现在遇到这样的事，你要多想想办法妥善解决。公关计划的费用，你还得把把关，要尽量降低费用，但还要保证效果。其他的也就不多说了。你要处理的事也不少啊！”

孟云没有理会孙总监的反应，面对所有人说：“我开始就说了，程副总的离开，对每个人都是个机会。希望各位好好把握。”

至此，会议才重新被孟云掌控，回归正轨。

任丽想起孟幻琪还在外面，和孟云打了招呼后走出会议室。眼前的一幕让任丽一阵心疼——孟幻琪目光凝滞、眼中含泪、身体微微颤抖。任丽急忙上前，轻轻拍着她的肩膀安抚着。她明白，刚才发生在会议室里的一切实在是超出了这个小姑娘的认知。

孟云是孟氏集团的创始人，竟然会受到手下人的掣肘，竟然还要作如此缜密的计划，小心翼翼地平衡着各种关系；这么多人眼红的“孟氏集团常务副总裁”的位置，竟然会被程东如此轻易地舍弃！而以集团的财力和待遇，在面对危机的时候，寻求一名满意的常务副总裁人选竟会如此之难！

她完全理解了母亲正在面对的是什么样的困难、承受的是多么重的压力。在别人眼里，母亲行事老练、处事周全、商海博弈、叱咤风云。但孟幻琪眼里看到的是母亲在一次次舔舐着伤口后再次应战的坚韧；是在数不清的质疑和否认声中无数次孤独而无助的负重前行；是在光环和荣誉背后无以言表的辛酸和无比艰难的挣扎。

"我忽然想到一件事，今天是谁给你打的电话？谁让你来的？"任丽急切的话语将孟幻琪从沉思中唤醒。

没等孟幻琪回答，走廊尽头突然传来一阵嘈杂。闪光灯伴随着快门声闪过，还有喧哗声。

"你们太过分了！凭什么抢我东西？"

那是一位30多岁的男子，身穿夹克，在保安的围追堵截中一边挣扎一边拍照，嘴里还在不停声讨，话语中不乏贬损之辞。

孟幻琪本就情绪激动，此刻她愤怒极了，挣开任丽的手，冲上去一把夺过男子的相机，高高举过头顶就要往地上砸。

男子见状慌了神，赶紧阻拦道："别砸，别砸，我是记者！"

任丽赶紧快步上前，抓住孟幻琪的手臂："幻琪！冷静！别这样！注意影响！"

孟幻琪拿着相机，气愤地盯着这个突然冒出来的所谓记者，无论怎么看，都觉得他獐头鼠目。

"你是哪家报社的记者？有证件吗？"任丽问。

男子见自己的相机脱离了危险，这才松了口气。他从衣袋里掏出记者证递给任丽。任丽看后，又递给孟幻琪，冲她点了点头。孟幻琪并不知道如何分辨记者证的真假，既然任丽都已确认了，她也就不再怀疑，只扫了一眼就递还给男子。

男子收起证件，讪笑道："我叫张韬，是《双山晚报》的记者，接到爆料今天特地来采访孟总，不知孟总是否方便，采访会很快的。"说完一脸期待地看着任丽和孟幻琪。

任丽打了个官腔表示拒绝："对不起啊张记者，我是孟总助理任丽，您事先没有预约，又赶上今天公司高层开会，实在没有时间。这样，等会议结束我帮您约一下时间，再通知您。您看行吗？"

张韬思考片刻，点头道："好吧，这事怪我，确实应该预约，只听说是个大新闻，我就赶紧来了，实在是很唐突。说对不起的人应该是我。那我先回去等您消息。您看……"他指着孟幻琪手里的相机。

孟幻琪看了看任丽。此时的任丽心生很多疑问：事件发生后的第一时间，孟氏的紧急公关程序就已启动，目前一切还在掌控之中，这位张记者是怎么知道的消息？是谁提供的爆料？为什么其他媒体没有反应，而只有这位张记者来了？

孟幻琪见任丽盯着相机，以为她担心相机里有对孟氏不利的照片，于是对张韬说："您刚刚未经集团的允许在这里拍了很多照片，我希望您现在删除。"

"是的张记者，"任丽也点点头，"您再来采访时，我们可以提供相关照片，但今天，若是有什么不合适的照片，还请您配合删除。谢谢。"

张韬理亏在先，又人强我弱，只好无奈地点点头。

任丽工作繁忙——特别是现在。孟幻琪想为母亲和孟氏尽些力，就提出这种小事让她来做。任丽确实抽不开身，删除照片也的确没什么难度，于是就同意了。

按照任丽的安排，一名保安带着孟幻琪和张韬来到了传达室。孟幻琪打开相机，在张韬的指点下翻看起照片来。采访照、生活照，有场景、有人物，跟孟氏没有任何关系，但翻着翻着，孟幻琪的眉头就皱了起来。几张连续的照片上的人，正是她一直敬重的程叔叔！有程东跟一位戴墨镜的男子面对面交谈的场景，有程东从男子手中接过文件的场景，还有签着程东大名的“聘用合同”。

孟幻琪感到一阵窒息。她不愿、也不敢相信这一切都是真的。那个小时候带着她出去玩，背着母亲偷偷给她买糖吃的程叔叔，居然签了别人家的合同！一种遭到背叛的感觉弥漫全身，血液仿佛都冲上了头顶，让她感到一阵眩晕。紧随而来的是愤怒和疑惑。在孟氏，程东几乎已经得到了一切，到底是什么让他离开的？

孟幻琪眉头紧锁，面色凝重。

第二章　初现隐迹

“黑夜给了我黑色的眼睛，我却用它寻找光明。”这是孟幻琪特别喜欢的一首诗，不管别人赋予这首诗怎样的含义，她都觉得它有着非常浪漫的气息。可此时孟氏大厦已被夜色包围，窗外漆黑一片，根本没有半分能寻找到光明的样子。就像发生在孟氏的一切，都被层层雾气和阴霾笼罩着。突如其来的变故让孟幻琪疲惫不堪。她挂念着母亲的健康状况，挂念着孟氏的危机，思绪纷乱。程叔叔无缘无故离开了奋斗多年的孟氏；放权多年，身体不适的母亲重新主持大局，这让她一时之间有些难以接受。而张韬相机里的照片更让她感到心烦意乱。

任丽让她别管集团的事，安心学习。可她实在是太疑惑了，她想用自己的方法问个清楚。

孟幻琪让保安到门外守着。屋里只剩下她和张韬。

孟幻琪清了清嗓子：“张先生，刚才的事很抱歉，是我失礼了。”

张韬一愣，似乎没想到自己居然能听到道歉的话。

刚要说点什么，孟幻琪再次开口：“我想请你帮个忙！”

“您说笑了，我一个小记者，有什么能帮您的？”

“这个忙你一定帮得上，你只要告诉我，程东为什么会突然离开孟氏？”孟幻琪表情严肃，目不转睛地盯着张韬。

“这个，我怎么会知道？”张韬哭笑不得。

“你连程东和别人签合同都拍下来了，还说不知道？”孟幻琪指着相机。

张韬沉默了片刻，笑了笑：“我说实话。我确实知道程东离职的事，但具体情况我真的不知道，否则我也不会来。”

“你相机里这些照片的时间是一个月以前……”

“这只是个巧合，我并不打算解释。今天我来，也只是想了解孟氏的应对方案。孟氏是咱们市最大的企业，出现困难我也很遗憾。但孟总是位非常了不起的企业家，我想她会有办法的。”张韬说。

“你一定知道些什么。请你帮帮我。”孟幻琪的语气非常恳切。

张韬有些诧异。他打量了一下孟幻琪，迟疑着开口：“请问您是孟氏的……”

“孟总是我妈妈。”

张韬脸上闪过一丝“原来如此”的表情。

“我非常理解你现在的心情，可这件事嘛……”张韬沉吟起来。

孟幻琪显然对张韬的态度十分不满，焦躁地打断了他的话：“这件事怎么了？如果你需要钱，说个数吧！”她昂起头，语气高傲起来。

张韬脸上浮现出一抹尴尬，辩驳道：“不是钱的问题，我是真的没有办法。”

“看样子你跟踪程叔叔很久了，一定有打算。说吧，需要多少钱，才能告诉我真相？”

张韬的脸微微发红，他抗议道：“我没有跟踪他！”

孟幻琪有些泄气，又怕灭了自己的威风，于是强装镇定：“这么多偷拍、这么多细节，这不是跟踪是什么？”

张韬耸耸肩：“好吧，我解释。我是跟踪了，可我没跟踪程东。”

这句话前后如此矛盾，孟幻琪简直要背过气去：“这是什么话，出尔反尔！”

张韬竟没有一丝不快，反而呵呵一笑：“孟小姐你别着急好不好？我说得很清楚了呀，我是跟踪了一个人，但不是你程叔叔。”

孟幻琪习惯性地想要反驳，却灵光一闪，恍然大悟：“你的意思是，你跟踪的是和程叔叔会面的那个人？”

张韬坐正身体，点点头：“没错，我是在拍那个人，非常碰巧地拍到了你的程叔叔。所以，我不知道你程叔叔的事。”

孟幻琪一时间没回过神儿来。这场对话真是奇特。

“那个……呃，张记者……”

张韬看着孟幻琪现在的样子，不禁一乐。

“……不好意思，刚才算是我的不对……”孟幻琪有些尴尬，却马上言归正传，“所以那个人是谁？通过他一定能知道程叔叔的离职原因！”

张韬不置可否：“对不起孟小姐，这是我的工作。对于我这样一个新闻工作者来说，那个人的新闻价值更大。而你的程叔叔和孟氏的事……我只能表示遗憾，也祝愿你们早日渡过难关。”

张韬说完，就起身想要离开，孟幻琪赶忙拦住了他：“等一下张记者！跟我聊聊那个你跟踪的人吧。也许……我能帮上什么忙呢？”

“非常感谢，但这个忙你真的帮不上，你还是先完成自己的学业吧。”

“我可以调动我们孟氏集团的资源来帮你，我相信在这个城市，没有人比我们更能帮到你了。”

张韬叹了口气：“孟小姐，我刚才说过了，这个忙你帮不了——即使你是孟氏集团总裁的女儿。你怕是并不能调动孟氏的资源吧。当然，我还是要说声谢谢，祝你前程似锦，再见。”这次，张韬的话说得中气十足，他把相机揣进包里，仿佛已经下定了决心。

孟幻琪本以为自己开出的条件，张韬是不会拒绝的，但没想到他居然给出了这样一个出人意料的答案。但事情的瞬息万变同样也让张韬意想不到。孟幻琪不知何时把相机里的SD卡取了出来，这会儿正捏在指间，冲他狡黠地笑，她的眼睛也变成了两弯可爱的月牙。

张韬顿时觉得一口老血堵在了喉头。“孟小姐，别闹了！”他真的有点生气了，“请你还给我，我没有时间陪你在这瞎闹。”张韬的语气有些颓唐也有些气愤。

“请你帮忙。”孟幻琪挑挑眉毛。

这个岁数的学生，有的是胡搅蛮缠的点子，有的是时间，也有的是胆量。如果不给孟幻琪一个令她满意的答案，她绝不会放过自己，或者自己的SD卡。

张韬屈服了：“其实，我是可以告诉你，但告诉你什么用也没有！”

第三章　辉煌与陨灭

这个世界过分庞大，而人类又过于渺小。有太多我们不了解的领域，让人终其一生也不能明了其中之万一。“吾生也有涯，而知也无涯”。而我们就是在一个又一个的人生拐点上，不停刷新一个又一个的认知。也就是在这个过程中，人得以成长。

现在，孟幻琪就处在这样一个人生拐点上。

她与张韬先后离开孟氏大厦，找了间咖啡馆，继续之前的话题。

张韬捋了捋思绪，缓缓地开始讲述：“这件事跟本市实力最强的企业有关。哦，不是孟氏集团。我在说六年前发生的事，那时候民营企业的龙头还不是你们孟氏。”

孟幻琪想了想，点头道：“我记得妈妈说过那时有一个特别强的企业，但后来他们好像出了什么问题，突然就销声匿迹了。不过，那时我还是中学生，对生意完全不感兴趣，从没关注过。怎么，这跟程叔叔的离开有关系？”孟幻琪一头雾水。

张韬点点头：“你听我说。那个企业确实是突然之间就销声匿迹了，它的轰然倒塌在当时造成了很大轰动。宙顶集团，当年多么辉煌的名字啊！现在居然都没人记得了。那个时候，宙顶集团春秋鼎盛，可不知为什么，从某天起，产品忽然开始频繁出现问题，起初一两次，通过紧急公关后还能挽回声誉，但后来次数太多，就再也无法恢复大众的信任。不单消费者，就连投资人都对集团丧失了信心，雪上加霜的是，就在此时有人放出消息，宙顶的五个核心的工程师早就莫名地集体离职了。”

“什么?!”孟幻琪惊叫道，她已经开始明白为什么张韬要跟他讲宙顶集团了，宙顶当年的遭遇，跟如今的孟氏何其相似，都是核心人员流失，导致业务出现问题。她马上明白了孟氏现在的处境，心中一阵紧张。

“你没听错，就像你们孟氏集团现在一样，骨干流失，但宙顶的境遇比你们要惨得多。你可以想象一下，老的产品已经没有了市场，而对手公司的新产品又在不断上市，市场份额在此消彼长之中有了巨大的变化。当时宙顶集团走投无路，把尚不完善的新技术推向了市场，这后果也就可想而知了。”

“可是，人走了，那就再招聘啊！”孟幻琪说道。其实，这也是孟幻琪今天最主要的疑惑，程东离开了，内部没有合适的人选，那就再招聘一个。她虽然对程东的“叛变”感到愤怒，但实在不理解为什么集团内部会有如此大的恐慌。重赏之下必有能人，这无论到什么时候都不该是错的啊。

“招了，宙顶集团做了本市有史以来最大规模的招聘，电视、报纸和网络无所不用，全方位覆盖当时所有媒体，而且，招聘范围已经扩大到了 5 个省，时间长度达 45 天，薪酬也提高到了原来的 1.5 倍。可谓是下了血本。”

“那结果呢?”孟幻琪问。张韬笑着看向孟幻琪，他很能理解她现在的心情，孟氏和宙顶如此相似的处境，肯定是能激发出孟幻琪的同理心的。

“就像你们的程副总裁一样，一流水准的工程师会失业吗?他们根本就不缺少就业机会，需要的只是一个更适合自己的地方而已。这种人怎么会去关注招聘广告呢?所以，这些招聘广告不但没能扭转宙顶集团的困境，反而加速了它的灭亡。”

从不参与生意的孟幻琪，现在有些后悔了。早知道有今天这种对话，应该多多了解一下自家集团的运作。张韬今天跟自己说的很多东西她都很难理解。她实在想不出，为挽救企业所做的努力怎么会加速企业灭亡。

张韬看出了孟幻琪的疑惑，主动解释道:“宙顶集团如此大规模的宣传，无异于通知他的竞争对手，宙顶集团现在没有足够的能力进行新技术研发。而生意场上的人都有着鲨鱼一样的嗅觉，只要闻到一丝血腥气，就会用最快的速度游过去，撕碎猎物。于是，他们压低产品价格，快速抢占原来属于宙顶集团的市场，还有，针对宙顶集团的员工加薪招聘，这一招尤其毒辣，简直就是釜底抽薪。这么说吧，为了打倒宙顶集团，他们可谓无所不用其极，宙顶的股票市值一落千丈。后边的事不用我说了，毕竟结果你已经知道了。”

孟幻琪消化了一下张韬带给自己的信息。商场如战场，而商战就像热战一样血腥冷酷。不过她也仅仅是感叹了一下，就继续问:“这样的新闻素材其实也不算少见吧，打开电脑弹出来的财经新闻，很多都是这些大公司的沉沉浮浮，你这六年来为什么会一直关注宙顶？”

张韬沉吟了一下，说道：“我关心的并不是宙顶集团这家企业，而是这五名工程师离职的背后原因。”

“背后原因是什么？”

“猎手。”张韬吐出一个简洁的词。

“山里打猎的……猎手？”

“对。我也是在采访宙顶集团事件的过程中，才知道这个名词的。在我们的生活中，隐藏着一种行业——猎头。从事猎头工作的人做事都十分低调，工作也非常隐秘。但很多重要的企业新闻，其实都跟他们有着千丝万缕的联系。如果有什么重要人物突然改换门庭，或者高管非正常离职，很多情况下，都跟他们有关。毕竟，他们的工作就是为他们的雇佣者挖走其他企业内的重要人员。做猎头的人，就是猎手。”

孟幻琪丝毫没有学到新知识的激动，她不屑一顾地说：“什么猎手，说白了，不就是专门挖别人墙脚么？”

张韬的嘴角抽了抽：“呃，你也可以这么说。”

“他们为什么一定要做这种缺德事？”孟幻琪一脸愤恨。

“因为高额佣金。”张韬一笑。

孟幻琪点点头，其实这些也都在她的想象之中。“你是不是说，程叔叔离开的背后，也是猎手在……”她目不转睛地盯着张韬，等待着他的回答。

张韬有些为难，但还是点点头。不过他又补充道："我只是说，有这种可能。因为宙顶集团的事，也有这个猎手……"

"你连照片都已经拍下来了，还跟我说什么有可能！"孟幻琪又着急起来，"他分明就是搞垮了宙顶，又来祸害我们孟氏……我要报警！"想起母亲疲惫的身影，以及公司上上下下紧张的气氛，孟幻琪十分愤怒。

张韬被孟幻琪的反应弄得哭笑不得："报警？他犯哪条法了？"

孟幻琪一时语塞，想了半天也不知道有哪一条罪名可以用在这个小人头上。

张韬又笑了笑："他们并不犯法。说白了，那些工程师也好，你们程副总裁也罢，只不过是换个工作，跳个槽，也用不着警察来管啊！往最大说，也只是道德层面的问题。"

孟幻琪像一条被扔在岸上的鱼，张着嘴，却什么都说不出来。

"唉，我说过，这事你知道了也没用，你非让我说，还拿这个来威胁我，"张韬指了指孟幻琪手中的SD卡，"行了，我知道的事已经统统告诉你了，我能走了么？"

孟幻琪却冷笑一声、双手一叉，往沙发上一靠："你还没说完。"

张韬这回真的有些着急了："我知道的都已经告诉你了！"

"你还没告诉我打算拿这件事怎么办？"孟幻琪盯着张韬，正色道，"你能管，你也想管。"

张韬一脸诧异："我？这……"

孟幻琪笑着打断了张韬的话："是的。你都已经追踪这件事六年了，为什么报纸上从来没报道过类似的新闻呢？至少我从来没见过。”

张韬沉默了一会儿，低下头，沮丧地说道：“我已经准备要放弃了。”

“什么?！放弃！为什么？跟踪六年了，你就这么轻言放弃吗？”

“好吧，我跟你说清楚。”张韬又一次开始了讲述，“自从六年前我知道猎手的存在，就一直想把他们的事公之于众，就像你说的，我想通过舆论的力量去惩罚这种行为，尽我这个记者的职责。但是，想要达到这个目的，就只有以其人之道还治其人之身，把他们挖墙脚的过程全部曝光，让他们丑恶的行径全部展现在人们面前，才能警示公众，让大家知道该如何小心防范，让他们没有生存的空间和环境，这样才是对他们根本性的惩罚。”

孟幻琪一边听一边点头：“你说得太对了，那后来呢，后来发生了什么？”

“最开始，我通过暗访的方式来接近猎手，但是每当涉及关键问题时，他们无一例外地选择闭口不谈，根本就没法了解他们的秘密。那个时候，我还以为是自己暴露了身份，于是就用真实的身份去采访他们，甚至还承诺为他们写些正面报道。”

孟幻琪听着这些，觉得惊奇又刺激，急不可耐地问：“那这回呢？可以了么？”

张韬摊开双手：“委婉拒绝，闭口不谈。”

孟幻琪不免替张韬失望：“那到底是什么地方出了问题？”

“后来，我尝试着去接触一些刚刚入行的新人，才知道真正的原因。这个行业带有隐蔽性质，他们做事低调，就连他们的公司起名字，都套用管理咨询和人力资源、培训这一类的字眼，很少直接用‘猎头’两个字。关于猎头的流程和操作方法，在网上也能够找到一些，但那只是能公开的一小部分。换句话说，就是明摆着给人看的。而最核心的操作技法，就连在同行之间都严格保密。能挖走你程叔叔这种技术含量的猎头，在中国，保守来说连百分之二十都不到。”

孟幻琪已经沦陷在张韬的讲述中。今天这次谈话，对孟幻琪来说信息量实在太大。她期期艾艾：“我……我……还是没太懂。”

此时，张韬一反常态地充满了耐心：“我给你举两个例子，第一，如果你是一个受命潜伏到敌国的间谍，但你的身份却被所有人知道了，那结果会怎么样？”

孟幻琪开始有些明白了：“如果是间谍的话，曝光了身份别说工作不能继续下去，就连生命都会受到威胁！”

张韬赞许地点了点头：“那如果你是一名魔术师，你会不会把秘密公之于众？”

“魔术师曝光自己的秘密，那不是连自己的饭碗都不要了？就算教徒弟也得留两手……”孟幻琪终于明白了张韬想说什么，“现在我明白了，采访很难，但难也不能放弃啊！一定还有其他办法！”

张韬耸耸肩膀：“我能有什么其他办法？我只是一名记者而已，我还要写稿子、拉广告，我得要吃饭、生存啊！出于社会公道和记者的责任，我无怨无悔地坚持了六年，该做的能做的都已经做过了，我还能怎么办？”

孟幻琪哑口无言，只能安慰道："想想办法，天无绝人之路。我现在百分之百地确定，你是一名好记者，你一定会成功的！"

"成功？我现在已经不敢想了。"张韬自嘲地笑笑。

坚持了六年的事，说放弃就放弃了，那一定很痛苦。孟幻琪替他感到惋惜。

"孟小姐，我把情况都介绍给你了，我真的没什么办法了。这不是《无间道》，我也不是警察，不能像个卧底一样打入对方内部……"

"卧底？"孟幻琪的眼睛突然亮起来。

"这是我随口说的，可不能当真！"张韬像看一个小孩子一样看着孟幻琪。

"这个可以有。"孟幻琪很坚定。

"这个真不行。"张韬很头疼，接着解释道，"我是记者，这几年来采访各个企业，不少人都认识我，我这张老脸，纸里是包不住火的！再说，我去卧底，报社的工作怎么办？"

"又没说让你去。"孟幻琪嗤笑。

"嗯？"张韬再一次被这个姑娘跳跃性的思维打败了。

"我去！做实习生。"孟幻琪仰起头，骄傲得像一只白天鹅。

张韬似乎被惊呆了："不行！就算这事儿可行，我说'就算'啊，我也担不起这个责任。"

"我去做卧底跟你又没有关系，要你担什么责任？"

"你是为了我卧底……"

"是你为了我，你要把我得到的情报报道出去，所以其实是你在为我做事。”

“我之前做过暗访，没有用的。”

“你是你，我是我。我还是个学生，谁会相信一个背景干净的实习生会是个报社的卧底？他们绝对想不到的。”孟幻琪越说越觉得自己的想法很棒，越说越有信心。

“背景干净？你母亲可是孟氏的总裁！”张韬摇头。

“我妈妈对我很严格，从小就教育我一切低调。我一直上普通学校，衣食住行也和其他同学一样，很少有人知道我是孟云的女儿，就连集团里都没几个人见过我。”孟幻琪并没有被张韬这几句简单的话给打击到，信心反而还更强了。

“你想得太简单了！总之这不可行！”张韬也学着孟幻琪，梗着脖子说道。

“一定可行。”孟幻琪的语气前所未有的坚定。

第四章　险入腹地

在孟幻琪的软磨硬泡之下，张韬最终点头了。他说他也想为自己这六年的付出进行最后一次尝试。但这毕竟是孟氏集团的大小姐、孟云唯一的女儿，不能有任何差错。因此，张韬认真地与孟幻琪商讨起接下来的计划。

孟幻琪对张韬讲述了自己的大致情况，张韬仔细思考了一番。

“你去申请销售岗位的实习生。销售是人员流动量比较大的岗位，招聘工作压力很大。主动要求做销售，公司会很乐意接收你。我以前接触过他们公司的HR，对她有一定的了解。我会告诉你她的喜好和性格特点，再为你量身打造一套应对方案。有一点你千万要记住，当你赢得她的好感之后，一定要提出将来换岗的要求，这样才能换到猎头部去。”

除此之外，二人约法三章。

一、严格保密，在“卧底”期间，孟幻琪不能动用任何与孟氏有关的资源。

二、“卧底”期间，一切与“任务”有关的需求，张韬无条件满足。

三、不能向任何人透露。

无论谁违反任何一条，双方将立刻终止合作。

他们追踪的人名叫时加宪。这个人在社会上籍籍无名，但在猎头圈子里，却是个传奇的存在。虽然入行没几年，但他做成的单子让其效力的德才胜华在业内名声大噪。

在张韬的描述中，时加宪是一位老练的猎手，经验丰富，冷酷无情。孟幻琪要想不露声色地接近这只老狐狸，实在不易。但孟幻琪并没在困难上过多纠结，而是将注意力投入到如何达成目标上。

双山市富海写字楼，德才胜华的人力资源经理办公室内。孟幻琪乖巧地坐着，小心翼翼地观望着身边的一切，等待着 HR。

孟氏集团的大小姐还是第一次面对这种场合。尽管准备还算充分，但她心里仍然免不了有些打鼓。

一名成熟知性的女士走进来，入座后对她点点头。

“你好，我是人力资源部的吴岩。”吴岩音色好听，但面相有些严厉刻板，“我看了你的资料。做营销有难度，很多人都拒绝，你却在简历中说喜欢这项工作，为什么？”

孟幻琪稳了稳神回答道：“我认为，工作没有高低之分，只有分工不同。而往往福利待遇好的岗位必然难度大。如果我能成功应聘，并且做出业绩的话，我相信公司不会亏待我。再有，销售最能锻炼个人能力，有这样的机会也不错啊！而且，愿意做销售的人少，你们又缺人，我成功的概率也大……”

吴岩又问了一些教育背景、社会经验方面的问题，孟幻琪一一作答。吴岩觉得这是一个务实而又聪明的姑娘，从而生出了些许好感：“你还真是坦诚啊！”

“作为一个还没有工作经验的学生，在您这样的职业经理人面前，就算是把自己夸得天花乱坠，也会被您一眼看穿。我觉得那样反而更不好。还不如实话实说，该怎样就怎样。”

“你还有半年多就毕业了，现在出来实习，不怕影响论文答辩么？”

到目前为止，这是孟幻琪最想听到的问题，她略带骄傲地回答道：“如果允许提前毕业，我现在就能以优秀的成绩通过论文答辩。”

吴岩眉毛一挑：“哦！你很自信啊！你的成绩这么好，为什么还要申请这个没有底薪的实习岗位呢？以你的条件，应该可以找到一个待遇很好的实习工作。”

“作为一名将要走出校园的学生，我能做什么，到底值什么样的身价，我真说不好。高了、低了都不合适。而且，我虽然一直在学生会做工作，但学校跟社会根本就是两码事。我不如在这里学习、锻炼一段时间，专心提升自己的能力。如果这里能认可我，以后无论我去哪里工作，薪酬也一定差不了。而且，这个岗位虽然没有底薪，但有提成，我相信自己。”

孟幻琪这些“肺腑之言”都说进了吴岩的心里。她面试过太多眼高手低、不切实际，或者只把实习当走过场，仅仅想充实简历的年轻人。与他们相比，孟幻琪的表现着实不错。

“看不出来，你还挺会算账的。”吴岩对这个小姑娘非常满意，甚至都开起了玩笑。

“但我有个请求，不知道您能不能答应。”

吴岩有点疑惑，好奇地说道：“说说看。”

孟幻琪一脸腼腆：“如果工作成绩好，以后如果我想到别的岗位见识一下，能不能换岗啊？”

吴岩根本不觉得这是个条件。在公司内部，好苗子到哪个部门都受欢迎，只要能留在德才胜华就是人力资源部的功劳，便一口答应了。

孟幻琪办完实习手续，便跟着吴岩来到营销部经理办公室门口。一位女士坐在办公桌后，面对着电脑忙碌着，长长的黑发垂在肩上。吴岩敲了敲半开着的门，她抬头望过来，见是吴岩，马上热情地迎上来。

“吴姐，有什么事打个电话让我过去就行了，怎么还亲自来一趟呢！”她的声音软软糯糯，让孟幻琪起了一身鸡皮疙瘩。

吴岩像是习惯了这位销售经理的做派，对她淡淡一笑，拍拍孟幻琪的肩膀：“这是新来的实习生，叫孟幻琪，双山大学的硕士。”又向孟幻琪道：“这是营销部柳经理，以后她就是你的顶头上司了。”

孟幻琪甜甜地道了一声“柳经理好”。柳鑫略带惊讶地点点头，随即看向吴岩。

“你带她熟悉熟悉环境吧，我先走了。”吴岩摆摆手，走出了办公室。

柳鑫冲孟幻琪笑笑，指了指玻璃墙外的几排工位，交代她自己找地方坐，转身就追着吴岩出来。

“吴姐，硕士啊，来我们这儿做销售？培养几个月就跑了吧？”

“这个小姑娘是我亲自面试的，人很有特点，也很聪明，我觉得她不错，坦诚、勇敢，主要是她愿意做业务，可以把她作为培养对象，反正实习期她没有工资，有了业绩也是你们营销部的成绩，就算没有业绩，也没什么损失。怎么样，还不错吧？”

柳鑫的脸笑成了一朵花：“哎呀吴姐！你对我最好了，有什么好事总是想着我，先谢谢了，有机会我请你吃顿大餐。”

吴岩还是一副淡淡的模样：“没必要，这是我的工作。行了，我还有事，你也先去忙吧。”说完就转身离开了。

看着吴岩消失在拐角，柳鑫脸上的笑容即刻消散。她没有再与孟幻琪说话，只电话吩咐了一位叫林琳的年轻员工代为关照。

林琳很快出现在孟幻琪面前。这姑娘看起来很朴实，梳着清爽的马尾，戴着副中规中矩的黑框眼镜。她对孟幻琪伸出手来：“你好，我叫林琳，是咱们部门的营销员。”

“你好，我叫孟幻琪，以后还请你多多指教。”

林琳笑了，她圆圆的脸，笑容很甜，似乎比孟幻琪更像一名在校生：“柳经理的工作很忙，我带你熟悉环境，还有咱们要做的业务。”

这种安排也是孟幻琪所喜欢的，相比于那个一说话就让自己不太自在的柳鑫，孟幻琪还是更喜欢这个与自己相仿的林琳。

“咱们德才胜华是一家专业的人才交流公司，业务种类非常丰富，涵盖范围很广，有人才评测、人力资源培训、就业指导、人事外包、咨询、猎头和代理招聘等等。这么说吧，凡是与企业用人相关的事务，跟我们都有关系。”林琳一边向孟幻琪介绍着，一边带着她熟悉公司的环境。

“林琳姐，这么多业务，要怎么做啊？”仅仅听介绍，孟幻琪就已经觉得眼花缭乱了。

“你先要参加公司安排的培训，了解各种业务的基础，然后，会让你从相对简单的业务开始，一步步地做。而且，我们只做营销的环节，等到具体操作和跟单的时候，每种业务都会有专门人员负责，我们只要做好交接就行了。”林琳扶了扶眼镜，递过一个安抚的眼神。

“前面是我们的会议室，最多能够容纳 80 人。里面有些能够移动的隔断，平时可以分隔出若干小的空间，等到开会，再把隔断收起来变成一个大空间。再往前走就……”

“不好意思，林琳姐，我想去趟……”孟幻琪指着前面的洗手间标志，抱歉地打断了林琳。刚才被吴岩面试的时候有点紧张，一直想去洗手间，现在情况告急。

“去吧去吧，”孟幻琪羞涩的样子让林琳觉得有些好笑，“我在这儿等你。”她对孟幻琪说。

可她忘了，这栋楼的结构是出了名的复杂。当孟幻琪从洗手间出来后迅速迷失了方向，误入一条长长的走廊。走廊两侧零星分布着几间办公室，因为没有窗子，全靠着几盏老式的日光灯提供照明，显得惨白又昏暗。“这是哪儿啊？”孟幻琪觉得这里静得有点瘆人，刚要转身离开，竟看到在一间办公室的门上赫然写着“猎头部”三个字。

孟幻琪的脚步停住了，她顿时忘记了不安和紧张，脑海中只剩下了程东离开后混乱的孟氏，还有母亲夜以继日伏案工作的单薄身影。这一切，都是源于这间办公室里面的阴谋。

她实在无法想象，到底是多无耻、多卑鄙的人，才能把自己的快乐建立在别人的痛苦之上。她既憎恨又好奇，不由得走了过去。

里面应该与其他办公室不同吧，布满了一系列尖端的监听监视设备，几个人坐在设备前，一边监听一边记录，其中没准就有那个名叫时加宪的“罪魁祸首”。

她正想着，忽然听到一个青年男声从屋面传来：“雇主给 A865 的年薪又增加了 12 万，但是他还是不愿跳槽，有点难搞啊……”

听得出来，这个男人有些无奈。

紧接着就是一个女声：“年薪给到了 52 万，他还嫌少么？”这声音听着倒是青春俏皮，话语里却满是不可置信。

这两种声音不停地讨论着，声音时高时低，中心思想就是对目前状况的悲观。最后一个男中音终止了他们的对话：“绕开他，从他妻子那里做工作！他的妻子是最关键的阻力。老人都已经在家养老，孩子还小，重新安排影响不大。只有他妻子是最不想动的。小吴，你……”

孟幻琪的心越跳越快。她甚至确信，孟氏集团的混乱，就是里面那个男中音的阴险策划！居然还设计别人的家人，实在是毫无底线！程东肯定也是在这样的“威逼利诱”下才无奈就范的。这些人怎么能如此可恶！

她越想越气愤，可偏偏里面的声音越来越小，听不清了，她不禁用力往前贴……

“嘎吱”一声——门开了。孟幻琪一个踉跄，栽进了屋子里。如此机密的猎头部，居然没有锁门！孟幻琪被突如其来的意外惊呆了。窗外强烈的阳光不偏不倚地打在她的脸上，孟幻琪下意识地紧闭双眼，抬手遮脸。无以言表的尴尬让她想起张韬的叮嘱和此行的目的，自己居然如此冒失！“怎么办？怎么办？怎么办?!”孟幻琪的脑袋嗡嗡作响。

屋子里的几个人也被眼前这一幕惊呆了。

“你是谁啊?!”年轻男子有些生气地问道。

孟幻琪此时也缓过神来，睁开眼睛，挥动刚才遮挡阳光的双手，顺势做了个打招呼的动作：“嗨，大家好！我是新来的实习生，叫……孟幻琪，以后还请各位前辈……多多指教。”她的话说得又快又急又结巴，很有些喜感。

这间办公室并不是很大，看起来普普通通，里面只有三个人。一位男子坐在一张大办公桌后，穿着正装，戴着副大大的墨镜——他应该就是张韬相机照片中的时加宪。他的办公桌前坐着一男一女，都是20多岁，男子留着寸头，穿着休闲款的西服，显得干净利落。而女子气质沉稳，像林琳那样梳着马尾，微胖的身材包裹在剪裁得体的职业装里，颇有几分干练。这三人现在都盯着孟幻琪，一脸疑惑。

“我们没有实习生啊！你是不是走错了？”女子话说得温婉，但表情有些严厉。

孟幻琪赶紧装出几分失措与羞赧，期期艾艾道：“我从洗手间出来，迷路了，看到有个……猪……头部，有些好奇……打扰到各位前辈了，实在不好意思。”

在这么尴尬的境遇下，必须得拿出一个理由——哪怕这个理由非常蹩脚，否则连完成“任务”的机会都没有。如此被动的局面必须挽回。

三人皆是一愣，继而笑起来。年轻男子走过来，打量了她两眼：“实习生无论如何也得上过大学吧？看来咱们走道的灯真得换了。”

孟幻琪明白对方的意思，她也对自己拙劣的借口感到深深无力，可眼下的情形实在是让她技穷：“这位前辈，请……请指教。”

“看好了，这叫猎头部！不是猪头部！”男子指着门上的牌子，“这回看清楚了吗？”

孟幻琪抬头看门，做出一副羞愧难当的表情，冲男子微微躬身：“对不起啊前辈，走廊里确实太暗了，我刚到公司有些激动，不小心看错了。”

“幻琪，你怎么在这儿，找了你好久……”林琳的声音传来，孟幻琪如蒙大赦。

“时经理，晓红，吴常，”林琳跟大家打了个招呼，“这是我们部门新来的实习生，我正带着她参观……”林琳正解释着，时加宪轻轻挥挥手，示意不用了。

“你可把她看好了，不要影响别人办公。”年轻男子似笑非笑、半真半假地说。

林琳先是一愣，看了一眼孟幻琪，一边赔笑道歉，一边要带着她离开。

可孟幻琪似乎不打算就此罢手，一脸天真地向林琳发问："猎头这个名字听起来挺有气势，是做什么业务的呀？营销部的人能做吗？"

几个人相互看看，都笑了。

刚才的那个乌龙亮相已经由"傻白甜"开始了，干脆继续装傻充愣，再将任务推进一步吧。孟幻琪想。

"小姑娘，凡是能进入猎头部的，都是精英中的精英，可不是那么容易……"

王晓红话还没说完，就看见孟幻琪上前两步面向她："营销部的精英是什么样的？"

"比如……柳经理。"王晓红有些摸不着头脑。

"做到什么样的业绩才算精英呢？"

"销冠。"

"什……什么意思？"孟幻琪转头问林琳。

"就是销售冠军。嗨！怎么聊上了！赶快走吧！"林琳伸手拉她。

孟幻琪却抽回了被林琳拉着的手，又望向王晓红："您说猎头部的人是精英中的精英，等我做到了销冠，可以来尝试一下猎头的工作吗？我可以付出比别人更多的努力。"

众人被孟幻琪这突然的一本正经和淡定自若惊得一时无语。吴常、王晓红和林琳同时将目光转向了时加宪。

时加宪的目光被挡在墨镜后面不得而见，但嘴角微微上扬："猎头部不会拒绝一名销冠。”带有磁性的声音像溪水般缓缓流过孟幻琪的耳朵，此时此刻，她如闻天籁，这不就是自己来这里的目的嘛！

时加宪说完，便低头继续工作了。

孟幻琪有点无措。她不清楚时加宪刚才的话，到底可不可以当真，要不要再次确认？林琳见她还在发呆，赶紧把她拽了出去。

吴常缓了缓神问时加宪：“老大，你真的会让这姑娘到咱们猎头部？”时加宪没说话。他的决定绝非因孟幻琪的一席话而一时冲动。他是一个冷静得让人害怕、理性得会让人误以为冷血的人。他这么爽快地同意与孟幻琪的“销冠之约”，原因也并不复杂。首先，一名实习生从零基础到成为销冠，难度之大可想而知。成功概率在一般情况下可以忽略不计。孟幻琪不能成为销冠，自己也就不必兑现承诺。其次，如果不答应，消息被传出去，或者说自己气度小；或者说猎头部连接受一名实习生挑战的胆量都没有；或者说自己作为一名经理，不鼓励也就算了，竟还打击一名新人……当然，时加宪从来都不在乎这些，但也的确没必要为自己制造这些干扰和麻烦。最后，如果孟幻琪能成为销冠，就证明她拥有某种超越常人的特点以及别人没有的优势，这样的人到猎头部那也是好事一件，实在没有理由拒绝。

综上所述，时加宪痛快地答应也就不足为奇了。但吴常那副热切的表情，让王晓红心里多少有些不舒服，马上接过话：“她啊，没戏！老大说的是她当上销冠。你觉得她什么时候才能做到？”说完又转向时加宪确认道：“老大，你说对吧？”

时加宪不置可否，只是补充了一句："你们觉得她要当上销售冠军，难度有多大？"

王晓红笑了笑："难度有多大我不知道，但时间基本可以确定——猴年马月。"她的不屑溢于言表，只留吴常哀叹一声，望向空荡荡的门外。

但吴常并不孤单，还有一个人也在哀叹。张韬刚刚与孟幻琪通完电话，心绪翻滚得就像是锅里煮开的水。没想到孟幻琪第一天就能让自己大脑缺氧，血压升高。

他了解时加宪，时加宪这种人，从来都是走一步看百步。虽然，他为了遮掩脸上的太田痣而戴着墨镜，但实际上，他的眼光锐利得吓人。孟幻琪这么早就吸引了他的注意，这绝对不是一件好事。自己跟孟幻琪的合作难道是一个错误吗？她还想要短时间内成为销冠！张韬想着孟幻琪刚才在电话里的语气，头更疼了。

第五章　潜猎征途

孟幻琪离开猎头部后，便第一时间到吴岩那里为“销冠之约”做了“备案”。一方面防止时加宪反悔，另一方面为以后调岗做准备。吴岩开始不敢相信，与时加宪核实后才确认此事，只得又跟柳鑫说明了一下。这个新闻很快就传遍了德才胜华，成了同事们工作之余的谈资。大家迅速认识了孟幻琪，说：看，那就是想当销冠的小姑娘。

来到德才胜华不多时，孟幻琪就充分体会到了“智者当借力而行”。

做销售，能力和勤奋固然重要，但人脉也必不可少。为了能让孟幻琪成为销冠，张韬居然奇迹般地发挥出了远超一名记者的能力。德才胜华的 VIP 客户接待室，几乎成了孟幻琪专属签单办公室！这让她不免会有疑问——张韬是如何做到的？但这仅仅是个闪念，或许人家就是有这方面的资源。

努力的汗水终会浇灌出收获的喜悦，汗水是张韬的，但喜悦是孟幻琪的。两个多月后，她终于如愿以偿地成了销售冠军。之前她每次经过综合办公区的业绩排行榜时，都会驻足观看一会儿，欣赏并期待着自己逐渐上升的排名。如今，她终于登顶，反倒不去关注了。

此时，她发现自己成了众人羡慕的焦点。这种荣耀来得太过简单、也太过快速，更名不符实。听到别人的赞许，她总觉得不安和惭愧。正因如此，她没有一丝一毫的骄傲和膨胀。而这让同事们更喜欢她了。

清晨，孟幻琪还是早早地来上班，看见正要给柳鑫送咖啡的林琳，便如往常一样打了声招呼："林琳姐，早啊！"孟幻琪永远都是那么充满活力，就连听她说话都能感受到她声波里的胶原蛋白。

林琳也高兴地回应着。原本每天给柳鑫冲咖啡的工作，已由新人孟幻琪接替了，但自从孟幻琪频频签单后，就成了柳鑫眼里的大宝贝，于是类似冲咖啡的活儿就又回到了林琳身上。但林琳的可爱就在于她难得的乐天知命，不因无所谓的小事而计较。

而此时，几个身着正装的人正跟着时加宪，经过综合办公区走向走廊深处的会议室。

"那几个人……怎么看着这么眼熟？"孟幻琪自言自语。

"那不是你前几天签下的客户吗?!"林琳轻抚额头。她实在是诧异，这么重要的人，孟幻琪居然几天就不认识了，这销冠到底是怎么当上的？

"啊！"孟幻琪立刻想了起来，她一拍脑门，"瞧我这记性！"他们正是前几天由张韬介绍来的客户。做事用心不专必然会出纰漏。好在碰上的是林琳，若换成柳鑫，孟幻琪定不会如现在这般轻松。她挽住林琳的胳膊："林琳姐，我也没签猎头的单子啊！时经理怎么会跟我的客户在一起？"

"你平时总是忙着签单，公司的规定你还没熟悉全呢！咱们德才胜华的客户有权选择自己认可的顾问，时经理这种高级猎头顾问偶尔也会应客户需求‘降级’做咨询业务。你的客户可能是自己选择了时经理吧。”林琳说。

今天很特别，对于孟幻琪来说只有一件大事。她已经递交了转岗申请，凭借着夺冠的业绩，按规定她可以提前转正，但她只提出了转岗。

毕竟转正就是正式入职，对职工的审查将更为严格，孟幻琪的秘密可能就会大白于天下。

再有，在德才胜华，零底薪的实习生如果有业绩，提成一分都不会少。如果业绩达到转正员工的标准，还可以得到与转正员工底薪差不多数额的奖金。应该员工得到的，绝不会留在德才胜华的账户里。所以孟幻琪在经济上并没有什么损失。

孟幻琪现在除了身份还是实习生，其他方面和转正员工没太大区别，这是孟幻琪人生中的第一份工作，尽管她“另有使命”，但依然有几分激动。最重要的是，她可以如愿以偿地调去猎头部了。

柳鑫最初并不看重孟幻琪，倒不是对她有什么偏见，只是对新人有着习惯性的不信任。等到孟幻琪成了业绩明星，不仅让营销部业绩报表的数字非常漂亮，也让柳鑫赚得盆满钵满。她怎么可能舍得送给别人！

“吴姐，孟幻琪怎么能说走就走呢！当初来的时候让我好好培养，这段日子我可是没少下功夫。现在业绩好了，就调去猎头部了！这无论如何也说不过去嘛！”柳鑫跑去见吴岩，连办公室门都没进就开始抱怨。

吴岩并不意外，她一边将柳鑫让进办公室，一边劝解：“你别急，谁也没想到一个新上岗的实习生，这么快就成了销冠！孟幻琪入职第一天我就答应她，工作成绩好可以调岗，这既符合规定，她又达到了条件，人家自愿提出了申请，猎头部也同意接收。我又能怎么办？再说，这个情况当初我也是跟你说过的。”

吴岩并不在意孟幻琪是继续留在营销部还是调去猎头部。只要能够继续留在德才胜华，人资部就有功劳。其他的，她并不想管。

“这……”柳鑫一时语塞，她还真找不到话来反驳吴岩。最后只能把怒火都发泄到时加宪身上，“时加宪也太不讲究了，挖起自家公司的人了！这以后还有没有规矩了？”

吴岩觉得好笑，没想到柳鑫急不择言，连这种话都说了出来。

“也不能这么说，‘销冠之约’公司里谁不知道啊？人家时经理可没去你那里挖人。”吴岩开始有些不耐烦了，她的工作就是帮助各部门招聘合适的优秀员工，而不是替各部门管理人员，自己留不住人为什么让她来解决问题？

“好啦，你也是个经理，大气点，为了这么个小小的实习生至于这么生气么。她想换部门你就让她换好了，年轻人总是不知道天高地厚的，你也不是不知道，猎手那是谁想做就能做的么？你让她去做做看，什么时候撞了南墙也就懂事了，说不定就乖乖回来了。”吴岩说完就打开了面前的文件夹，显然一副送客的架势。

柳鑫在道理上实在是站不住脚，又见到吴岩这副样子，便不得不离开了。可她并不甘心，于是又来到猎头部。

“时经理，我来主要是跟你商量一下孟幻琪的事情。”柳鑫语调温婉，但已经非常熟悉她的时加宪，还是听出了些不同寻常的意味。

“哦？一个新人而已，有什么可聊的。”时加宪并没有因为柳鑫的到来而停下手里的工作。

“时经理，我就是觉得孟幻琪一个还没毕业的学生，做猎头这种技术含量高的工作，可能有点勉强。而且时经理你是咱们公司的骨干，平时带着两个徒弟就已经够累的了，再加上一个孟幻琪，实在是有些辛苦。我想，最好让孟幻琪多留在营销部一段时间，等她火候差不多了再过来。”柳鑫尽量让自己的语气显得平和些，毕竟自己接下来的业务有很多还要仰仗眼前这位，可不能把他得罪了。况且，自己的理由也并不充分，底气自然是弱的。

时加宪听到这里才停下手中工作，抬起头对她说：“你说得都对，说实在的，我也不想带这么一个什么都不懂的新人。只是，人资部已经点头了，尽人皆知，而她又达到了条件，你说我能怎么办？”虽然句句都显得很无奈，但让柳鑫感觉到没有任何商量的余地。

柳鑫怎么也没想到，时加宪这种讨厌麻烦的人，会这么坚定地想要接收一个新人。她也只能做最后一次尝试：“你可是咱们公司的重要人物，没必要在这实习生身上浪费太多时间和精力，耽误了你的时间，那不就是影响公司的利益嘛。”柳鑫的话说得软软糯糯，好听得很，却还是让时加宪皱起了眉头。他并不想在这样一件小事上多费口舌，更主要的是，他一点也不喜欢柳鑫这种做派。

“好了柳经理，这件事我们可以以后再谈，现在客户在等我。至于这个小姑娘，她做到了这个程度，我想她还是有独特之处的。为人才冒一次险，也未尝不可。”时加宪说完，就绕过柳鑫离开了办公室。

柳鑫一个人站在猎头部，气不打一处来。你时加宪想要这个人，我就偏偏不让你如意！

柳鑫吸吸气调整了一下情绪。之后，和蔼可亲的笑又浮现在她脸上。

营销部办公区内，孟幻琪已经收拾好了自己的东西，一边跟林琳聊天，一边等着通知去猎头部报到。

孟幻琪真的喜欢林琳这种心思单纯的姑娘，所以，虽然相处时间不算长，两个人却建立了真挚的友谊。

正聊得兴起，软软糯糯的声音从孟幻琪背后传来：“幻琪……”

孟幻琪不用回头就知道是自己的上司，不，应该说是前上司。虽说柳鑫在孟幻琪刚来的时候有些冷漠刻薄，但自从发现了孟幻琪突出的能力之后，就对她青睐有加。尽管调去了猎头部，但毕竟还在一个公司里，以后难免会有交集，所以当孟幻琪听到柳鑫召唤自己，赶紧起身迎了上去。

柳鑫直接拉起孟幻琪的手，把她带进自己的办公室。

“来，幻琪，坐。”柳鑫把孟幻琪塞进沙发，挨着她坐了下来。

不等孟幻琪发问，柳鑫就抢先说：“你看，这段时间我也是忙，你来了这么久我也没顾得上跟你聊聊天，也没好好照顾你。你在营销部的工作、和大家相处这些方面都还好吧？”

前上司突然这样关怀自己，孟幻琪感觉怪异极了。

“柳经理您客气了，这段时间我能顺利工作，还多亏了您关照，而且林琳姐也经常帮助我。”孟幻琪尴尬地客套了几句。

柳鑫看着一脸不自在的孟幻琪，想了想，还是直奔主题：“幻琪，你在营销部做得好好的，怎么非要去猎头部呢？”

孟幻琪很清楚柳鑫这么做的原因，更清楚自己的目的。这是一场信息不对等的较量。

“柳经理您可能不知道，当初，那个吴常和王晓红可是嚣张极了，说他们猎头部的人都是最顶尖的。我可不服，其实，我就是想证明我比他们都优秀。”

柳鑫有些哭笑不得，因为这么一个赌气般的玩笑，自己就损失了一棵“摇钱树”。

“幻琪，赌这一口气是何苦呢！总不能置一时之气，而让自己将来后悔。你真的了解猎头么？他们的外号叫人才间谍，你知道吗？”

孟幻琪配合地摇了摇头。

“人才间谍你没听说过，间谍你总该知道吧。猎头也是一样，每天承担的工作压力大，收入还不一定有咱们销售高。而且，有人管他们叫挖墙脚的，他们出去自报家门时，都不好意思说自己是做猎头的，还不是因为见不得人么……”柳鑫滔滔不绝，孟幻琪一边听一边不停地点着头。

柳鑫哪里知道，孟幻琪不住地点头，只是因为这些描述正好跟自己对猎头的想象完全相符。猎手就是一群为了自己的利益无所不用其极、专门以破坏别人企业为生的寄生虫！当她想起母亲因为这些人而不得不日夜操劳，对时加宪的愤恨就到了极点。但是，当想起自己马上就能走进这个圈子，揭发他们的恶行，为双山市的商业界除去这一祸害，最重要的是能给自家企业报仇时，她又高兴得要命。

第六章　无理之争

直到黄昏降临，孟幻琪也没能等到调岗通知。她的心情有点糟。“难道是跟柳鑫聊天的时候说错了什么？”孟幻琪不无担忧地想着，祈祷自己的调岗千万不要出问题。

“幻琪你还没走呢？”柳鑫从办公室出来，看了看她，又看看手表，“这都下班20分钟了，有事吗？没事咱们逛街？你来了这么久咱们都没一起吃过饭，走吧！”

孟幻琪实在不知道柳鑫这唱的是哪一出，赶紧摆手：“柳经理您先走吧，我没打算逛街。”

“你是我们营销部销冠，现在马上又要接受新的挑战了，我也得表达一下祝福的心意。别拒绝啦！”柳鑫说着，挽住孟幻琪的胳膊，将她拖出了门。

富海SOHO楼下就是一条商业街，两人吃了顿饭，然后就东走走、西逛逛，穿梭在各个商铺。孟幻琪虽然已经在这里工作了一段时间，但每天忙忙碌碌，还真没时间好好走一走。

“柳经理，您想买什么啊，咱们都逛了好长时间了！”都说女生一旦逛起街来就永远不知疲惫，可那也要在有心情的时候。孟幻琪现在满腹心事，早就走不动了。

“很快就到了！”不多时，柳鑫带着孟幻琪来到一家美发店。

孟幻琪心里一阵纳闷：“柳经理您要做头发？”

柳鑫点点头：“换个发型换个心情，来来来，我请你做个护理。”

柳鑫热络地拽着她走进店里，抬手叫来了相熟的理发师，安排好了项目。

孟幻琪虽然不情愿，但也不好拒绝。做完了护理，她又在理发师和柳鑫的劝说下剪了个刘海。

当孟幻琪走出理发店时，形象焕然一新。她现在的发型确实很好看，新烫的卷发，扎成优雅的高马尾，刘海的走向和弧度都是精心设计的。柳鑫看着孟幻琪，满意地点了点头，随后她又带着孟幻琪去买了一件蓝白格衬衫。现在的孟幻琪更加楚楚动人了。

“据说时经理喜欢女生扎马尾，显得精神，利索。”柳鑫笑着说，“马尾呢，代表着马到成功、龙马精神、一马当先；刘海呢，争当一流。这件衣服呢，先不说蓝白跟你的肤色很搭，我是希望你永远遨游在蓝海里，不用太辛苦，又能做出最好的成绩。”

柳鑫娓娓道来，孟幻琪有些感动。她接受了这片心意。原本，她只是对真诚的林琳有好感，现在这份好感已经扩大到了柳鑫身上。

第二天早晨，孟幻琪终于等来了人资部的转岗通知。之前的种种努力和付出，就是为了这个揭露猎头内幕的机会啊！

孟幻琪迈着轻快的步子，以一种新的身份再次走进猎头部的办公室，她忍不住骄傲地昂着头。

“呀！这不是幻琪吗！你可算来了，快进来快进来！”王晓红热情地打着招呼。孟幻琪那斗志昂扬的神态在她看来有些幼稚，也有些可爱。这个小姑娘在如此短的时间就成功晋级销冠，看来的确有几把刷子，让她不得不佩服几分。

“这是孟幻琪？那个把我们变成‘猪头部’的实习生？”吴常的语气有些夸张。现在的孟幻琪看起来跟过去差别确实很大。除了内在的自信和对环境的熟悉外，她全新的造型也发挥了很大的作用。

“咱们猎头部只有一个猪头，那就是你吴大猪头，跟我们其他人可没关系。”王晓红白了吴常一眼。

他们两位就是猎头部的一对活宝，要是不闹上几句，似乎不知道怎么度过这一天。猎头工作难度大、要求严、规划细、技术高，压力可想而知，如果一直处于严肃压抑的气氛中，时间长了，人必然会出问题。吴常和王晓红平时闹归闹，但尺度把握得恰到好处，一旦进入工作状态，那也是专业级的水准。

吴常走近孟幻琪：“我有件事，特别想问你。”他一改刚才的嬉皮笑脸，一本正经起来。

“您说吧。”孟幻琪很好奇，她想不出吴常能问自己什么严肃的问题。自己在德才胜华这段时间，跟猎头部没打过什么交道，对吴常和王晓红的印象也只停留在当初的几句对话上。

“你有一个秘密，很大很大的秘密。”吴常拉长声音，笑容神秘。

“我，我能有什么秘密。一个实习生而已……”孟幻琪有些惊慌。

难道自己暴露了？时加宪他们已经知道了自己的身份和计划？那为什么还会让自己来这里报到呢？……

“你不用隐瞒了。你现在面对的，是靠眼光吃饭的猎手！经过这么长时间对你的观察，我发现，真相只有一个——”吴常的表情意味深长。

王晓红转过身看着他，一脸疑惑。孟幻琪的心提到了嗓子眼。

“你……没有男朋友！”吴常的脸上又出现了那恶作剧式的笑。

孟幻琪长长地呼了一口气。王晓红又冲他翻了白眼：“行了吴常，过分了啊！幻琪第一天来报到，你这样合适吗？”王晓红拉过孟幻琪，指了个位置让她坐下。

正在这时，时加宪从经理办公室走了出来，后面跟着其他几名猎头顾问。时加宪一边走一边与他们说着什么，完全没发现孟幻琪的到来。直到把工作交代完，并把那几人送走，他才回头扫了一眼。在看到孟幻琪的一刹那，他忽然定住了，怔怔地看着她，没说话也没动。

“你怎么来了？”时加宪在沉默了好久之后，终于还是开了口。只不过，语气很冷。

“我……我是来报到的，之前不是说好了么？人资部那边……”

“没错，我之前是答应过你，人资部也通知我了，可我还没通知你。你先回去等通知。”时加宪的口气莫名其妙的严厉，连吴常都被弄得丈二和尚摸不着头脑，怎么也想不起来人事调动的流程里需要有接收部门的通知这个说法，况且她只是个实习生，犯得着这么麻烦吗？

这不是故意刁难吗？凭什么这样对我？孟幻琪的脸开始涨红。本姑娘还没找你算账，你先找起本姑娘的麻烦来了？你这个只会躲在角落里用阴谋诡计算计人的卑鄙小人，凭什么对我呼来喝去！在心里骂完，她舒了一口气，告诫自己“小不忍则乱大谋”，努力压抑着愤怒的情绪对时加宪说：“我就是接到通知才过来的呀……”

“我让你回去等你就回去等！这都听不明白还做什么猎头？你们俩还愣着干什么？送她回去！”

孟幻琪愣住了。没想到居然会这样！努力了这么长时间，人都已经进入猎头部了，怎么就这样失败了呢。这绝对不可以。她咬着嘴唇，眼圈微微泛红，就那么看着时加宪。两个人完成了仇人之间的对视。

吴常和王晓红交换了一个惊愕的眼神。无疑，他们是同情孟幻琪的。不知道时加宪今天是怎么了，但显而易见，孟幻琪遭受到了无妄之灾。两个人快步上前，连哄加劝带走了孟幻琪。

时加宪走进自己的办公室，静默地站着，良久，他深深地叹了一口气，无力地坐进沙发。阳光洒满办公室的每一个角落，温暖又明亮，可怎么也盖不住时加宪脸上那一抹萧瑟。

“砰！”一声巨响，孟幻琪把一个档案夹重重地摔在昨天刚刚清理完的工位上。

“哎哎哎，别打，打坏了你还得修……”吴常伸手去拦。

“行了，你就别在这儿贫嘴了。”王晓红赶紧打断他，又对孟幻琪说，“别生气，时经理没说不让你去，现在就是走个程序，你再等等。”

“走程序？我看过员工手册，哪一条规定调任需要等接收通知？再说我只是个实习生，只要人资部点头就可以，哪来这么多手续？这完全是滥用职权针对我！”孟幻琪真的愤怒了。

“幻琪，事出反常。你去之前时经理还交代我们俩要好好接待你的！一定是发生了什么……”

“哎！这不是幻琪么？你不是去猎头部报到了吗？怎么又回来了？”吴常的话还没说完，就听到一个阴阳怪气的声音，不需要回头就能知道这声音的主人是谁。

“柳经理，”王晓红看出了孟幻琪的尴尬，赶紧接过话茬，“时经理今天事多，还没有完全准备好，让她先回来等一下。”

柳鑫眉毛一竖，提高了声调：“这叫哪门子事啊？让人去的是他，把人送回来的也是他，干吗呢？”看着周围员工的目光都被自己吸引了过来，柳鑫接着说：“幻琪你别怕。猎头部不要你，营销部的大门永远为你敞开，咱们这儿可不用等。”

等到柳鑫的表演结束，吴常和王晓红的安抚结束，林琳才走到孟幻琪的身旁。

“幻琪，是不是时经理有什么新的安排啊？”林琳的语气很恳切，表露出来的担心也很真诚。

“有啊，他安排了一场闹剧，拿我当小丑！”

“你也别这么想啊，凡事都有好坏两面，你别总想着不好的呀。”

“林琳姐，道理我懂，可你要是遇到我的情况，也会很生气对吧？”

林琳不知道该如何劝解孟幻琪，只是静静地站在她身边，轻轻地拍着她的肩膀。窗外的天空湛蓝无比，阳光在澄澈的空中放肆地穿行，时而被层层叠叠的树叶过滤成轻轻摇曳的光晕，时而在跳动的喷泉周围勾勒成灵动的七彩光环。

孟幻琪自然无心观察。她的心情乱作一团。过山车式的事态变化让她体会到一种极强的挫败感，还对为了让自己当上销冠不知付出多少的张韬内疚不已。她开始质疑自己当初的一意孤行，有些怀疑自己是不是异想天开，甚至还有一丝退缩的念头。

下班后，孟幻琪和往常一样，先到孟氏大厦看望孟云。无论心情多么糟糕，她都要在见到母亲之前，先找一个没人的角落调整好自己，再以阳光、快乐的状态出现在母亲面前。如同现在的孟氏，经过调整，暂时稳住局面，表面上与往常无异，但蛰伏的裂隙却时刻蠢蠢欲动。

办公室内，生产基地的唐总和财务部的孙总监正与孟云商讨工作。

或者说，孟云正在看着他俩争论。

“老唐啊，你火气这么大干什么！我这还不是为你好吗！程东现在走了，我就是想帮孟总、为集团解决些困难。我向工商局报案，告那些小厂生产假冒伪劣零配件，这有错吗？你怎么还对我生气了呢！”

“好好好，你是为孟氏好，也为了我老唐好，可你为什么在报案前不和我商量？不和孟总汇报？而且你报案倒是说清楚啊！工商局只查了几个小厂，那么多的厂都没查！那有什么用？”

“我能拿到那几家的证据就很不错了！再说，这几家厂一被查，对其他家也是警告，敲山震虎嘛。”

“震住了吗？刚好相反，现在他们越来越嚣张了，甚至抢我们的人了！我们的普通工人，到他们那里就是车间主任！被你这么一闹更难收拾了！”

“哎！老唐，讲良心，你们生产基地上设备、搞基建、改造生产线需要资金，哪一次不是我们财务部跑借款、搞融资，及时让资金到位？我耽误过你们基地一件事没？而且，除了你们生产部门，研发部门要钱不？销售部门建设渠道要钱不？综合办公要钱不？售后保障要钱不？客户服务要钱不？我容易吗？这事本来不归我管，我图什么呀？我这一颗好心，反倒落下埋怨了！”

“老孙，我可没说你管得不对，只是说你在做这件事之前能不能先和我们商量商量。毕竟我搞生产这么多年了，对付他们总会更有办法吧？而且这又不是一个人或一个部门能做的事，对不对？再说，你只说财务部为我们筹钱，但我们生产的产品卖出去后，钱不还是回到你们财务部了吗？这有什么好委屈的？”

二人你来我往争论不休，孟云并没有急于说话。程东在的时候，二人相安无事。现在程东离开了，他们的欲望有了释放的空间，往往很难把持住自己。

平心而论，此次“孙唐之争”，唐总表现得还算守规矩，而孙总监显然是“先下手为强”，给唐总造成的麻烦可谓不小，处理不好，唐总的业绩会受影响；即便是能处理好，也无疑会消耗大量精力，“常务副总裁”的位子已无暇顾及。

但也不能说孙总监犯了什么错误。报案是为了惩罚侵害孟氏利益之人，辛辛苦苦找到了证据，并且也端掉了几个制假窝点，按这个标准，孙总监是有功的。只不过没事先和大家商量或汇报，这个问题可大可小。如今孟氏的局面好不容易才稳定下来，孟云不会拿他小题大做。但处理不好唐总的负面情绪势必会给孟氏带来损失，他一定还会拉着孙总监一起来负责，“法不责众”，那时更不好办。

“本来我正在准备一套完整的方案，统一实施。现在就是要不露声色，稳住他们。老孙这一杆子捅了马蜂窝，不但破坏了整体布局，还让我们更加被动！孟总，您说现在该怎么办吧？”

“孟总，您看，老唐还要起小孩儿脾气来了……”

孟幻琪站在门外，依稀听到里面的争论。她为母亲而担忧，为孟氏的困局而焦急，这使她对时加宪的恨意再度燃起。从德才胜华带来的委屈、紧张、害怕和伤痛逐渐消退，留下的只有她的斗志。

“这有什么难办的。”孟云微微一笑，轻松的语气让孙唐二人有些疑惑不解，“明天你俩去人资部，把职务对调。给你俩一周的时间做交接。但可说好了，交接完成之前谁手里的工作都不能松懈！如果对方做不好你现在的工作，那就是你交接得不好，要承担连带责任。”

“孟总，您……您这不会是开玩笑吧？”孙总监惊讶地问。

“你们什么时候见我开过这种玩笑？”

“不是，孟……”唐总刚要说些什么，被孟云打断了。

“行了，我累了，就这么办。任丽，等下把门带上。”孟云说完，靠在椅背上，摘下眼镜。孙唐二人见状不便再说什么，再加上任丽已经站起来送客了，也就只好带着疑惑离开了。

第二天，孟幻琪在工位上苦思冥想着对付时加宪的办法，眉头紧锁、默不作声，林琳以为她还沉浸在昨天的情绪里，便拿来一份合同，示意孟幻琪看看。孟幻琪翻开资料，仔细地浏览上面的每一项条款，惊呼："林琳，这个合同不能签！"

"你看，我也经历着类似的事对吧？可我还不是开开心心的！"林琳看着孟幻琪那重新变得灵动的表情，眼睛弯成了月牙。

孟幻琪皱着眉头思考了一会儿，对林琳说："客户不是可以自己选择顾问嘛，你把这单给我，我跟你换一个好的！"

林琳吃了一惊。这单子条件之苛刻根本没法接，孟幻琪给自己找这个麻烦干吗？"你要就给你，不用换，反正我本来也没打算签。"她说。

"我说跟你换就跟你换，听话。"孟幻琪笑了。

第七章　意外破局

在孟幻琪的性格中有好胜的一面。好胜心能让人成为一个人才，也能让人成为一个麻烦。现在的孟幻琪，就是一个麻烦制造者。

德才胜华空荡的走廊里回响着急促的脚步声。时加宪知道，越在关键时刻就越需要沉稳。林琳紧跟着时加宪，高跟鞋与地面的碰撞声显得有些慌乱。“对不起时经理，我没想到她真的会签下这份合同。”林琳满脸歉意。

“现在不是要追究责任，而是要解决问题。”时加宪非常严肃。

会议室里，吴常和王晓红已经做好了准备，投影上显示出一家企业的信息。他们翻着手中的资料，面露焦急。

时加宪带着林琳走进会议室，往投影对面的椅子上一坐，没有说话。林琳赶紧走到电脑旁边，清了清嗓子便开始介绍孟幻琪刚刚签下的、客户指定时加宪亲自操作的一份合同。

“合同的甲方是国内知名的吉科创集团，它在我市投资建设了一个现代化的生产基地。无论是管理模式还是制度，都直接从总部复制，是一个典型的复制型企业。目前，所有的设备和硬件设施都已经安装完毕，只需一周即可正式投入使用。但是在此之前，需要三天的准备期。甲方为了节省培训时间，以便快速投入生产，所有的员工都从总部的生产基地抽调过来，但因不明原因，尚无管理岗位的人员到岗，需要我们帮他们从这些来自总部基地的员工中选拔。按说这并不难，但是时间上很紧张——明天下午 4 点，这些员工才会抵达基地。”

吴常听了林琳的介绍，掰着手指头：“从今天起一周后生产，明天晚上才到。工厂还要提前三天进行准备。也就是说，我们只有后天一天的时间。”

林琳点了点头：“理论上是这样的。可他们的基地位于西北远郊而我们在东南，考虑到堵车的情况，我们需要 2 个小时的车程。”

吴常想了想：“如果这样，可能我们只有一个下午的有效时间。对了，面试多少人？”

林琳尴尬地笑了笑：“整个生产基地的自动化程度很高……”

吴常脸上的表情稍显轻松了些：“哦，那人应该不多吧。”

“126 人。”林琳一脸无奈。

“什么！一百……半天?！营销部是成心的吧！这种合同孟幻琪居然也能签，柳经理她不审啊?!”吴常又惊又气。

“好了！”时加宪有些不悦地挥挥手，打断了吴常的话，“淡定，现在不是说这个的时候。”

吴常想继续声讨孟幻琪，但看到时加宪盯着自己，只好抚抚胸口，念道：“平常心平常心，任何问题都有解决的办法，只是我们暂时还没找到。”

时加宪听了点点头，手指不急不缓地敲着桌面：“那就找啊，激动什么?”

一直在阅读资料的王晓红开了口：“如果仅仅通过面试来确定一个人的管理能力，就需要一个经验非常丰富的HR用1个小时左右的时间，所以一般的面试方法必定行不通。我们要奇思妙想了。”

时加宪“嗯”了一声。只要思考方向是对的，哪怕暂时没有找到答案，事情必定是往前推进的。

时加宪引导着几个人的思路，不停地讨论各种可能性，不时在本子上记录着。

“咱们德才胜华所有能满足要求的顾问加起来不到两位数，给出结论的时候还要经过汇总和商讨，意见一次性统一的概率很低。”吴常觉得眼前的这一单实在是太难了！

“使用计算机评测系统，是最快的办法。可是我刚刚看了看资料，这种方法的准确率还不到40%，客户不会接受。”林琳觉得眼下的麻烦和自己有关，所以想要帮些忙，做些弥补。可她也无计可施。

随着讨论的深入，大家的情绪反而越发低落了。这时，时加宪一直记录的笔停了下来，他从本子上撕下一张纸递给吴常：“你按照这个清单去采购物品，今天下午5点之前必须全部买回来，一样也不许少。”自信强大的时加宪又一次出现在他们面前，虽然还没有说明办法，但本已绝望的吴常立刻重燃希望。

吴常兴致勃勃地拿着采购清单冲出了办公室。时加宪又撕下一张纸递给王晓红：“按照这个内容设计6套表格。也是下午5点，必须交上来。”王晓红望着他，可他看起来并不打算解释。紧接着，他又对林琳说："麻烦你负责跟甲方的沟通。晓红做完资料以后，把我们的流程和要求发给对方。请他们按照我们的要求给予配合。还有一件事，你替我跟柳经理说一声，我要跟她借 3 个人，至于借谁，就由你来挑选。这件事要严格保密，尤其对孟幻琪。在到甲方基地之前，不要让她知道我们任何的准备工作，只需要她后天能够按时到现场，把我们介绍给客户即可。"

面试当天，时加宪等人驾车准时来到了吉科创位于城郊的生产基地。基地新建成不久，所有的建筑都是蓝白相间，看起来整洁又大气，厂房与办公楼，办公楼和宿舍之间，树木高耸，树冠投下片片浓荫，一看就是大价钱买来的成树。员工宿舍是几栋四层高的小楼，颇有些日式公寓楼的风格。宿舍楼下面是一个标准篮球场，篮球场旁边同样栽种了大量的景观树，还有些崭新的健身器材。

吉科创双山市生产基地负责人王总带着全体员工在办公楼下等候。待时加宪等人下了车，王总快步向前，伸出了手。孟幻琪忙上前介绍。

王总打量起这个孟幻琪极力推荐的团队，笑眯眯地问时加宪："你们来得真准时，我刚刚给他们开了会，一切都按照林女士说的准备好了。只不过，有句话不知当不当说？"

时加宪也礼貌地笑："王总您是不是想问我们为什么来的人这么少？"

王总有些尴尬，点点头说："我很好奇。我也找过其他公司，但他们都跟我说这根本做不到，没人敢冒赔偿高额违约金的风险接我的单子。但你们接了，而且，你们就来了这么几个面试官，这……”

“126人，想要在半天之内就测试出每个人的真实情况，并作出结论，确实很难。常规的方法根本办不到。所以只能突破常规。王总，您就放心吧，3个小时之后，您就会得到您想要的答案。”

时加宪说完，就按照事先的安排，开始准备工作。吴常从车上取下他采购的物品，分配给吉科创的几位助理之后，来到了这126位等待面试的员工面前。

“各位吉科创集团的优秀员工们，大家下午好！今天的面试非常重要，希望大家认真对待。此次面试的内容只有一个——大家会被平均分成6个小组，每个组按照同样的规则、同样的时间，完成同样的任务，所有的中层管理者将从完成任务的小组成员中产生。我再重复一遍，所有的中层管理者将从完成任务的小组成员中产生。下面我宣读规则，请大家仔细听好。

“1. 在规定时间内，各位将要被蒙上眼睛，把闭环绳子围成一个最大化的正方形，并且使你们的所有组员相对均匀地分布在这个正方形的四条边上。

“2. 在规定时间内没有完成任务的小组，任何组员都没有机会进入中层管理职位。

“3. 每组必须在60分钟之内完成任务，否则任务失败。面试官会每隔10分钟提醒一次剩余时间。完成任务的小组，由组长向面试官报告，该组任务结束，结果不可更改。

“4. 在任务期间，任何组员不得违规移动或摘下眼罩，如有人作弊，其本人直接被淘汰。小组每出现作弊行为，出现一次用时扣减 10 分钟。

“5. 面试官会在每组成员中选择一名组员为持绳人，在其他组员没有找到持绳人之前，持绳人不得移动、说话、主动接触其他组员，不得向其他组员发出任何形式的信号。持绳人在被组员找到之后，方可解除以上限制与其他组员一起参与任务。”

吴常担心站在后排的员工没有听清自己刚才宣布的规则，又走到队伍后面重复了一遍。直到大家完全明白规则后，吴常才开始下一步。这个时候，王总安排的面试官助手与林琳等面试官也已对接完毕。

吴常按照时加宪事先交代的，让所有员工站成三排，再 1 至 6 报数。报相同数字的人为一组，人群很快就被平均分成 6 组。由于员工事先并不知道分组的方法，所以站列队的时候很自然地会跟更熟悉的人站在一起，而由于这种报数规则，亲近的人尽量分配到了不同的队伍中，这也就保证了后期任务的公平性。

6 位面试官各自接管了一组队伍，走到任务场地。

吉科创对员工不错，运动场面积足够 6 组队伍一起做任务，又不会影响彼此。

林琳站在一组前，从包里拿出 21 个空白的胸卡，还有十几只记号笔和碳素笔，又拿出一张表格交给助手，让他按规定把东西分发下去。

林琳见组员都拿到了胸卡，宣布下一步规则：“每个人将自己的名字用记号笔填写在空白胸卡上、用碳素笔填写在表格上，字迹要工整。胸卡填写完就佩戴在自己的左胸前，表格轮流填写完之后再交给我。”

组员们都很配合，一切都在有条不紊地进行着。

王晓红这边已经收回了表格，她检视了一下，随后从包里拿出 21 副黑色眼罩，让助手分给组员。

王晓红看着拿到眼罩后嘻嘻哈哈的组员们，大声说："请大家认真戴好眼罩，如果犯规，直接淘汰。我不希望那样的事情发生。"她说话的时候表情很是严肃，一下子就把所有人从娱乐的氛围中惊醒过来。

场面开始变得安静，一种严肃的氛围以王晓红为中心发散开来。

面试官和助手走到人群里检查着组员的眼罩佩戴情况。同时不动声色地将一名组员拉到稍远的地方，示意他安静，并把绳子交给他，这个人就成了持绳人。面试官再次强调："各组员一定要记住，持绳人在没有被各位找到之前，不会给出任何明示或暗示的信号。"

面试官将 DV 做好调试，交给助手，请他们一会儿详细记录下所发生的一切。

随着各组完成准备工作，开始录像，任务也在吴常的口令下正式开始。

起初，员工们还没有适应失去视觉的情况，场面嘈杂，完全看不出进展，只有少数人试探性地走了几步。

首先打破僵局的人是二组的秦盛武，他大声喊："大家静一下！听我说！我是秦盛武。咱们这样下去根本完不成任务！如果大家信任我，临时由我来协调好吗？"秦盛武声音浑厚，底气十足，在这种慌乱的情况下，有一种感染人心的力量。没过几分钟，组员们都表示愿意配合，询问着他的计划。秦盛武很快就把所有人聚拢在一起，让大家手拉手，组成了一个圆圈。

当然，也不是所有人都能迅速脱颖而出，三组的梁风现在就陷入了一场不大不小的信任危机。

梁风是一个瘦高的年轻人，在二组秦盛武高喊后不久就也发出了自己的声音："这样下去不行啊！得有一个人统一来指挥，大家还是先选个组长吧。"

结果几个还在黑暗中摸索着的人立马就起了哄，质疑他的用心，怀疑他就是想出风头。梁风到底还是年轻，面对质疑，只讷讷地说："无论选谁，总得有个组长吧！"

当你对自己没有信心的时候，别人也很难信任你。三组不但没有及时诞生一个领导者，反而陷入了更深的混乱中。

四组的杜满乔，很快适应了黑暗的环境，站稳脚跟后，就呼唤起自己的同伴们："大家先静一下！现在时间紧任务重，这个任务能不能完成直接影响到我们每个人。这样，由我先临时当这个组长来协调安排，为大家服务。我叫杜满乔。如果任务完成了，功劳是大家的，我请吃大餐犒劳大家。如果失败了，我还请大家吃大餐，来给大家赔罪。怎么样？"

不得不承认，有些人天生就自带魅力，从日常的一言一行就能发现端倪，杜满乔的话说得人打心眼里舒服，大家纷纷表示同意。

杜满乔说："好，感谢大家的信任和配合，现在我们同时要快速解决两个问题，一是要找到持绳人，二是怎么把绳子围成最大的正方形！现在谁有办法？"

这时，同组的赵明罡说道："我刚才听到有一个组要围成一个大圈，我知道他们想怎么找持绳人！"

杜满乔很高兴："好。一会儿我们听你指挥。第二个问题有人知道怎么解决吗？"周围静悄悄的，大家都还没想出一个妥善的办法。杜满乔开始鼓励大家："有没有？没有完整的，有一点思路也可以大胆提出来，大家群策群力。"

有的时候，一句鼓励甚至比重赏更能激励人的勇气，刘玉峰犹豫了一下，说道："我倒是有一个办法，但不知道能不能保证准确。"

杜满乔大喜过望，赶忙询问他的名字，然后说："没关系。找到持绳人后，请大家全力配合刘玉峰。"

一场比赛里，有成功者就会有失败者，相比于前面几组，五组表现得实在不如人意，一直群龙无首，面试官不得不催促说："已过 10 分钟还有 50 分钟，已过 10 分钟还有 50 分钟。"

五组的顾宇天在混乱的移动中幸运地碰到了持绳人。这一群人这才算是有了块主心骨，马上向他靠拢过去。

这算是个机遇，但很明显顾宇天并没有抓住，反而是金夏铭开始组织大家讨论下一步的计划。

六组还不如五组，一群人七嘴八舌乱喊，谁都不服谁，出于对现状的不满，已经开始抱怨起制订任务规则的人。

其中一位员工明显有些心急了，悄悄掀开自己的眼罩，原以为在这种混乱的场景下能神不知鬼不觉，没承想刚刚偷看一眼，一道炸雷般的声音就在耳边响起，"六组苏宝菲作弊！本人被直接淘汰。六组用时扣除 10 分钟，剩余时间为 37 分钟。剩余组员 20 人。”

一组也依然在混乱中。

一位名叫李素华的员工几次发言试图终止这场混乱，但组员们谁也没有在意他的话，他们开始交头接耳，还有人嘲讽李素华的装腔作势。

实践是检验真理的唯一标准。二组在带头人的领导下一切进行得都很顺利。

秦盛武大声地指挥着：“大家都用你们的左手拉住左边人的右手，用右手拉住右边人的左手，我们要形成一个圈。”面试官和助手也在忙着把将要相撞或者跑出队伍的组员引回正确位置。很快，二组的圆圈围好了。

秦盛武耳听到环境变得安静，大声说道：“现在从我开始报数，以我的右手边开始，到我的左手边结束，大家清楚了吗？”

不得不佩服秦盛武，他的思维十分清晰，井井有条。听到大家报数结束，他继续说道：“现在 10 号和 11 号你们俩把手松开。10 号向你的左侧走，11 号向你的右侧走，我们拉成一条直线，然后以我为中心旋转移动。其他人配合调整自己的位置，动作要慢，如果谁要是碰到持绳人马上停下，大声告诉大家。”

二组通过这种毫无运气成分的方式，很快就找到了持绳人。

四组刘玉峰在杜满乔的支持下有条不紊地指挥着：“现在大家把绳子的两头系在一起，形成一个圈，再对折。这样就有 4 个折点。现在选 4 位力气大的同事抓住这 4 个折点，向外拉。注意不要急，别碰倒人！”

五组的金夏铭也大声指挥着：“现在我们选 4 个力气相当的人，把 4 个折点向外抻，抻到最大，但不要把人抻得站不住。折点的位置不要错。”

而六组，一群人大声嚷嚷着，场面混乱不堪。

“哎呀你们能不能快点啊！行不行啊?！刚才都扣了 10 分钟了！”

“行了！就你着急啊！大家谁都没闲着！”

“你们别吵了！时间不多了！”

在你浪费时光的同时，你的竞争对手早已一骑绝尘。

秦盛武把二组组员带到绳子的一边，摸到身边的 4 个组员，请他们到对面的一边。又再次摸到 8 个组员，请他们分别去了左右两边。其余人留在原地。

四组刘玉峰还在尽职尽责地指挥着：“现在折点的 4 个人听好。把绳子套在你们腋下的位置，双手抓住绳子，两臂水平抬起成 90 度。调整绳圈折点的角度，让四个角都是 90 度。”

这时，突然传来一声哨响，六组时间已经用完，所有人都失去了执行任务的资格，全部失败。

五组听到这个消息，加快了速度。金夏铭指挥着组员一步步完成自己的设想：“顾宇天，你用脚步量一下一个边的长度。”

顾宇天很快就完成了自己的任务，大声报告道：“20 步。”

金夏铭听完，立刻发布了下一条指令：“好。那每 4 步的地方站一个人。”

时间一分一秒地过去了。

倒计时开始的同时，秦盛武报告："二组完毕。"接下来是四组和五组。

吴常带着兴奋的表情站到了队伍前面，大声宣布道："时间到！任务结束。全体组员原地不动，闭上眼睛不要睁开，脱下眼罩，慢慢适应光线。胸卡依然佩戴，其他物品交还给面试官。交还完毕后请到我这边集合。"

各组集合完毕。面试官们来到时加宪面前，核对记录内容，与王总商讨最终结果。商讨完毕，时加宪走上前来，高声宣布："二组秦盛武，四组赵明罡、刘玉峰、杜满乔，五组金夏铭，你们胜出了。祝贺你们。"

由时加宪带头，大家都鼓起掌来，面试顺利结束。

时加宪应王总的要求说了一段话："这次面试的规则、标准、目的，开始就和各位阐述明确。在任务执行过程中，各组面试官对每一个组员的表现都有文字和录像双重记录，如果哪位对结果有异议，可以调看任何组、任何人的任何记录。如果各位没有异议，我要和大家说，此次面试中无论大家表现如何，结果如何，都已经成为过去，胜出者如果不继续努力，一样会回到普通员工的位置；没有胜出的同人，如果不服输就在今后的工作中超过他们，用自己无可置疑的工作成绩来得到自己应得的地位、荣誉和财富。"

王总全程目睹了这场特殊的面试，早已明白了时加宪如此安排的意图，不禁称赞道："时老弟果然专业。"

时加宪没有丝毫得意，对他来说，这只是职业生涯无数挑战中很普通的一次，并没有什么可值得骄傲的。他只是很平静地回答道：“您想要的管理者，应该具备周密的计划能力、果断而准确的决策能力和能赢得认可的协调和沟通能力。拓展性项目虽然不是本职，却是真实的任务。而人在遇到困难的时候，才最能除去各种伪装，表现出最真实的一面。特别是在多人共同完成难度很大，又关系到自己切身利益的任务的时候，人性的优势也好、弱点也罢，都会以最真实的状态最大程度地展示出来。何况，他们并不知道还有摄像机。”

王总真的佩服起时加宪来。两个人相视一笑，又握了手。

“王总这个局布得好啊！不愧是管理高手。”

时加宪此言一出，王总表情倏然一滞，继而转为不解：“时经理此话怎讲？”

不解的不只有王总，跟在二人身边的孟幻琪也心生疑惑。

“以吉科创的实力和管理水准，人员储备和选拔在生产基地投产前就应该提早准备就绪。这种突击面试，本不应该发生。即使发生了，王总您也不可能只给自己留这么短的时间来解决问题。”

“哦！这又能说明什么？”

“吉科创总部的基地分为三个生产厂区，分别负责 OEM——‘代工’；ODM——‘贴牌生产’；OBM——工厂自营，也就是‘自主品牌生产’。一个基地能同时存在三种生产模式，非常罕见，特别是 OBM 的存在。不得不承认，吉科创创造了一个奇迹。其中，规模最大的是 OEM，利润比最高的是 ODM，而 OBM 则在吉科创的产业升级和战略转型中发挥着重要作用。这三个厂区在总部的分量由于没有统一的标准，因而很难作出比较。即使能比较，总部也不可能给出结论。特别是在三个厂区负责人都有晋升机会的时候，比较的结论显得格外重要。而这次吉科创双山生产基地的投产就是绝佳的机会。这个基地的人员都是从总部的三个厂区选拔的生产成手，而这些人中哪个厂区推荐的员工担任管理者的数量越多，对这个厂区负责人的晋升就越有利。任职决定非常棘手。所以您一直都没任命任何人，而是选择通过我们这样的第三方机构，替您作出这个决定，以便不让总部那三个厂区的负责人把矛头指向您，同时以我们专业服务的说服力，让他们无话可说。”

“时经理，佩服！”王总豪迈地大笑起来。

时加宪礼貌地回应了一个微笑，继续说道：“您是不会将所有赌注压在我们身上的，就算没有我们，您也想好了办法。”

“那是下策，远没你们做得专业。”

“王总过谦了。俗话说‘自己的刀，难削自己的把’。企业在运营和管理过程中，借助外力解决内部问题也是一种择优的办法。而企业中 80% 的问题都来源于人，所以专业、规范的人力资源服务对企业所发挥的作用，也很重要。在这一点上，我也很佩服您。”

“时经理似乎不像是普通的面试官。”

时加宪没有回答，只是微笑着。

孟幻琪此刻内心非常矛盾，她故意签下这份合同的目的显而易见，但没想到反而让时加宪秀了一把技术。这种感觉就像是你用尽全力想要打人一拳，结果只打在了空气上，不但没能伤到人，反而闪了自己的腰。

时加宪以出乎意料的面试方式解决了这个难题，而且精妙地分析出了背后的原因，让孟幻琪真正见识到了他的能力，这让她不得不钦佩他，也使她多了一丝恐惧。她恐惧时加宪的这种能力，担心他会再次伤害孟氏。

第八章　不可能的任务

自从被时加宪遣回了营销部，孟幻琪感觉双山市原本澄澈如洗的天空都灰暗了。她很希望能痛痛快快地下场大雨，将糟糕的心情冲走。

为了报复时加宪，她甚至不顾风险，接下了吉科创集团这一单。起初还觉得自己有些残忍，担心会给公司造成损失。可是时加宪竟然完成了这看似不可能完成的任务，而且还完成得那么完美！这让孟幻琪恨得牙根儿痒痒，但同时她的心里又有些迷惑与矛盾。一个拥有这般机敏与智慧的人，如果不做“挖别人墙脚”那么卑鄙的事，在某种程度上，她也许会欣赏他，但是，他是“猎手”，即使是个高手，也只是个无耻小人。

只要事关自己的母亲，孟幻琪便不达目的誓不罢休。她坚信，总有搞垮时加宪的一天。

这一天，时加宪像往常一样在8点半准时踏进了德才胜华的办公楼。他习惯早一些到，这样可以在阅读材料后独自安静地思考一会儿。这是他多年养成的习惯。静思之后，很多看似纷乱的信息都会变得清晰，就能厘清事情的脉络。

不过今天他感到了些许不同。办公区里有几位早来的同事，大家的眼神似乎怪怪的。

时加宪疑惑着，走向自己的办公室。吴常和王晓红站在洽谈室门外，见到时加宪便愁眉苦脸，磨磨蹭蹭地踱了过来。

“什么事？”时加宪问。

王晓红小心翼翼地说道：“经理，孟幻琪……又签了一单就业指导的业务，客户是她的一个同学，指定要你来指导。可……可是这单……”

时加宪看了她一眼，大步走进了洽谈室。

洽谈室沙发上坐着一个女孩子，从左边望去，她的脸与常人无异，看起来还有几分秀雅。当她站起身来，露出右脸时，时加宪不禁有些惊愕。那异样的容貌显然是由于某种意外造成的，虽然没有明显的伤疤，但肌肉似乎已经变形，皮肤颜色斑驳，令人望而生畏。

姑娘嘴角带笑，面色镇静，在时加宪观察自己的同时也在静静地观察着他。

实际上，今天她本不想来，在找工作这件事上已经受到了足够多的打击，受到了足够多的同情或嘲笑。她只是想要一个能够展示自己才华的舞台，一个能够证明自己能力的机会。可是，她得到的总是失望。

如果不是孟幻琪循循善诱、苦口婆心一再保证这个咨询师绝对有办法，她是不会来的。但即使这样，她这次过来，依然做好了铩羽而归的准备。果不其然，当她迈进这家公司，一路上所有人的目光都有意无意地追随着自己，虽然大家脸上都挂着礼貌的笑，但她觉得，他们心里已然是颇有微词了。

她深吸一口气，开口打破了这漫长的尴尬。

“您是时老师吧？我叫纪如月。是孟幻琪介绍我来的，她告诉我，您能够帮我。”

纪如月的声音出人意料的好听，这让时加宪倍感意外。可能上天剥夺了你一些东西，又会对你进行一些补偿吧。

“我不知道您能帮我多少，但感觉您并不会拒绝我。”纪如月的声音里多少透露出一丝胆怯。

听到她这么说，时加宪的心里有些难过，他完全能想象得到这个姑娘因为自己的容貌，这些年来经历了多少冷嘲热讽。

“带简历了么？”时加宪尽量让自己的语气温和一些。

“带了。我还带了在学生会的工作记录和我的一些作品。”纪如月的眼睛里闪现出一种不一样的色彩。她拿出了一大摞资料。

时加宪接过资料，细细地翻阅起来。翻阅结束后便开始沉吟，或许是沉吟的时间长了一些，纪如月眼中的那种光彩又渐渐消隐。

“时老师，我的家在一个偏僻的小山村。我小时候，那个地方很穷，没有路，上学要走山路，有一次暴雨过后，我在上学路上不小心滑到了山下，全村人用一整天才找到我，因为山路断了，第三天才把我送到县里的医院，命保住了，可我的脸就成了这样。我每天在穷山沟里走十几里的山路上学，一步步走来，终于走进了大学校园，我拼命地读书，提升自己的各种能力，本以为走向社会能得到认可、得到接纳，但到头来并不能得到一个公平的机会。对我来说，这一切真的太难了……”纪如月的声音颤抖了，眼泪涌了出来。

这个女孩很不幸，但她也很坚强。在不公平的对待下，还继续努力着。无论是谁，在这一颗颗热泪下也无法做到心如止水。

时加宪正在为难，孟幻琪突然闯了进来。

“时经理，请您一定要帮帮我们如月。她真的很有才华，我们学校的同学和老师都能证明！您只要给她一个机会，她就绝对不会辜负您的帮助。我坚信您有这个能力。同时，我也知道我跟您之间有一些误会，在这里我跟您道歉，也请求您千万不要因为我的原因而不帮助如月。”不管是不是有其他目的，孟幻琪现在所说的都是出于真心，作为同学，她是真的想要帮助这个可怜的女孩。

“出去。”时加宪的声音不大，但很坚决。他讨厌别人用任何方式要挟自己。纪如月的忙他会帮，仅仅是因为他愿意，而非孟幻琪的请求。他正在思考办法，显然解决这件事仅凭热情远远不够。

一周过去了，时加宪没有任何消息。此时的孟幻琪矛盾至极。吉科创一单之后，孟幻琪对时加宪的能力既敬仰又憎恨，既想利用，又心存畏惧。孟幻琪与纪如月曾经同在学生会工作。经过几年的相处，孟幻琪对她非常尊敬，也非常同情，常为她打抱不平，仗义支援。纪如月已毕业一年，但两人依然非常要好。因此孟幻琪想借时加宪的力来帮助纪如月。

但孟幻琪也在放任另一种结果，那就是如果时加宪无计可施，那就等于让他栽了跟头。可这虽然能让孟幻琪出口气，却会再一次伤害纪如月。她既盼着时加宪失败，又希望纪如月能够改变人生。这让她左右为难，心事重重。

时加宪接下这个单子的第十天，孟幻琪接到了纪如月的电话。她被全商集团聘为总裁助理，月薪8000。这是大多数刚毕业不久的年轻人不敢想象的数字！孟幻琪震惊了好久才缓过神来。

她实在无法想象那个总是戴着墨镜不苟言笑的男人，到底是如何超预期完成这个看似不可能完成的任务的。终于找到了工作，还是这么让人羡慕的职位，如月的辛苦终得回报。但同时，孟幻琪的内心也充满了愧疚，如果时加宪失败了，对纪如月的打击有多大？这种对自己良心的拷问使她心中隐隐作痛。她一直认为卑鄙的人，用心地帮助了自己的同学，而自诩正义的自己到底是怎么对待纪如月的呢？孟幻琪第一次觉得自己也并不是什么正人君子。她开始深深自责。

说到底，孟幻琪和时加宪的第二次较量又以她的失败而告终。而此时此刻，对于输赢，她已经没那么在意了。她为自己的鄙薄而悲哀，也为纪如月的成功而高兴。只是还有一点疑惑：时加宪到底是怎么做到的？

第九章　语惊四座

孟幻琪总结了自己失败的原因。每一次，她都设置了不小的障碍，但每一次，时加宪都完美过关。这不仅是因为时加宪有着超越常人的能力，更是因为她对时加宪了解得不够。

近来，她常会望着经理办公室的门，陷入深深的迷茫：时加宪到底是一个怎样的人？自己无数次跟公司里的同事打探时加宪的消息，但没人能够说得清楚。他超然独立，不爱与人交往，身上似乎笼罩着一层迷雾，让人无法接近。但对于他，也没人能给出负面的评价。他似乎并不像自己当初所想的那样冷漠无情、卑鄙无耻。

牛总是德才胜华的创始人，也是总经理，别看他平时“出镜率”不高，像是一直隐藏在办公室里的世外高人，但其实，他是一位和蔼可亲的老人。胖胖的身材，笑眯眯的表情，如果再贴上浓密的白胡子，能轻易扮成派发礼物的圣诞老人。但他毕竟是时加宪的顶头上司，年龄又可以做他的长辈。就算时加宪再另类，也还得服从他的管理。

“牛总，您知道我的工作性质，不方便出席这样的活动。”时加宪站在牛总面前，非常为难地解释着。他实在没有想到孟幻琪这个丫头这么能折腾，居然请出了牛总。

孟幻琪很乐于观赏现在的时加宪，原本冷冰冰的表情换作了满满的无奈，甚至，还夹杂着委屈。

牛总笑呵呵地看着时加宪："关于你说的这一点，我已经考虑过了。你是以职业生涯规划师的身份去讲座，面对的又都是学生。这样不但能对公司进行一次宣传，还能对我们职业生涯规划业务的推广有帮助。这是大大的好事嘛。去吧，我相信你一定没问题！"

时加宪被牛总盯得浑身不自在，他实在很不喜欢那种公开场合，再加上这事儿是孟幻琪撺掇的，这让他非常不情愿。

"我觉得……"时加宪还想做最后的争取，被孟幻琪果断阻止。

"还有什么好觉得的呀，您是老猎头了，什么样的大风浪没经历过，就算是有突发情况，您也能完美处理，我们都相信您！纪如月的事在我们学校都轰动啦！很多大四要毕业的学生就差把您供起来了，您去了能帮助更多人。"

"嗯，小孟说得有道理。"牛总笑着点头，"好了，就这么定了！小时啊，我给你半天的假好好准备准备。表现得好一点，万一有小姑娘喜欢上你了，你的终身大事也可以解决了嘛！"

其实孟幻琪的想法很单纯，并没有特别的恶意。她之前连败两阵，是因为她对时加宪的实力不够了解。知己知彼，百战不殆。这一局她只是探探时加宪的底，让自己掌握更多的信息。如果顺便能在自己安排的主场给时加宪找点麻烦，那也是孟幻琪乐意见到的。孟幻琪这位原学生会宣传部长，本科毕业前就已退出了学生会。现在还能这么

“为非作歹”要归功于她不容小视的人际关系维护能力。

时加宪在回自己办公室的路上，明显地感到头疼。他苦笑着摇了摇头，纵使万般不情愿，既然领了任务，该做的还是要做。

时加宪等人如期而至，双山大学就业指导中心主任、两位老师与几位学生干部等候在礼堂外。如果不是纪如月的成功案例和孟幻琪的大肆渲染，时加宪是不会享有这样级别的接待规格的。

虽然做好了相应准备，但当时加宪带着吴常和王晓红走进礼堂时，还是震惊于眼前的场景。这个礼堂从外面看上去并没有多大，可里面人头攒动、密密麻麻，挤了千余人。

“我的天，这场面也太大了！下次老大出场，我们是不是可以卖票了？”吴常擦着汗，一边对王晓红耳语。

王晓红没接吴常的话，转头直接问孟幻琪：“幻琪，我们平时都是‘地下工作’，这场面可没经历过，太夸张了吧？”

“这都是学生会落实就业中心领导的意思置办的，时经理太受欢迎啦，大家热情很高啊！”孟幻琪眨着大眼睛，满脸欣慰。

其实孟幻琪倒也没有说谎，今天会聚集这么多人，虽说有孟幻琪推波助澜的“功劳”，但更多的是因为这些将要毕业的学生实在是好奇，帮助纪如月找到那样一份让人羡慕的工作的人究竟是什么样。

孟幻琪跟吴常他们聊了几句就回到学生中间。她还要协助维持会场秩序。

待时加宪等人与老师们落座后，学生会宣传部长作为主持人开始发言。

就业指导中心章主任讲话后，来自德才胜华的“职业生涯规划师时加宪先生”走上了他并不喜欢的讲台。

“今天，时老师为同学们留有充分的时间，这是个难得的机会，无论大家有什么样的困惑和问题，都可以尽情地向时老师请教。时老师来之前就对我们承诺，今天是有问必答，知无不言，言无不尽！”主持人不遗余力地鼓动着现场同学们的情绪。

时加宪等了十几秒，下面的掌声才渐渐消失。所有人的目光都紧紧地盯在他身上。这种压力就像水一样，完完全全地包裹住他，无孔不入。为了转移注意力，他望向讲台上的粉笔槽，从里面拿出一支粉笔又放回去，之后拍了拍手上的灰。

正要开口，一位冒失的学生站了起来。

“时老师！您今天能讲讲纪如月是怎么应聘上全商集团总裁助理的吗？我们有没有这样的机会？”小姑娘话说得又快又急，一眨眼的工夫就提完了问题。

时加宪没有想到这些学生如此“急切”。不过这样也好，本来准备的讲稿也显得有些空泛，不如针对学生们提出的问题来解答。他刚要回答小姑娘的问题，不想迎来了今天的第二次打断。

“时老师您好！我们这样的应届毕业生不少都感到很迷茫。同期的毕业生太多，很难比出个上下高低。现在有个很流行的说法是‘毕业等于失业’，尽管我们学校不差，但我也有这种感觉，很难找到理想的工作，非常苦恼。像您这种专业人士是怎么看待这个问题的呢？”这次发言的是一位男生，头发剪得整整齐齐，戴着一副黑框眼镜。

时加宪看着这个眼镜小哥，脸上挤出了一丝笑容。作为一个专业猎头，在求职就业领域他不怕任何人的提问。但显然，今天这个局面是有人故意安排的。

“时老师，我已经找到了工作，但跟很多同学一样，我的工作跟自己大学四年所学的专业并不相同，是一个相对陌生的领域。所以我现在也很迷茫，我的专业到底为我带来了什么？如果什么都没带来，那我大学四年的时光是不是被浪费了？”又是一个自主发言的学生，问题也越来越尖锐。

“时老师，我们出去参加招聘会或者投递简历，用人单位第一个问题就是我们有没有工作经验。这不是强人所难嘛，刚刚毕业的学生怎么可能有工作经验。我们凭什么要受到这种歧视呢？”

“时老师，没上大学的时候，我有很多的理想或者说梦想，我努力学习、考上大学也是想要实现这些理想。可上了大学才发现理想遥不可及，越长大就觉得自己离梦想太远。现在的社会太现实，现实到让我想要放弃自己的追求，我应该怎么办？”

“时老师，您的收入是多少？您能随便帮一个本科生找到月薪8000的工作，那您的收入应该也不会少吧？方便透露一下吗？”

学生们的问题连绵不绝，层出不穷，让时加宪几乎没有反应的时间，但所有提问的同学都非常有礼貌，也都表现出对时加宪的敬仰。就像粉丝们见到明星想要抢着聊上两句、合个影，抑或是众多记者追着一名马上要离开的大人物伸出话筒般的热情，虽然让人觉得有些不爽，但又绝对不能指责，甚至还要有礼貌地配合。就连章主任一时间也没想出一个既在外人面前不失面子又能顾全同学们“热情”的妥当办法。

事到如今，吴常与王晓红显然也明白了——这是个局。

“过分了，不能这么整人啊！怎么连个喘气的时间都不给老大留。”吴常看着孟幻琪那精致又嘚瑟的脸，连连摇头。孟幻琪这一次摆明了是想让时加宪当众丢脸。

这么多问题，别说一个个有条理地回答，就是要在短时间内记住都不是一件简单的事，何况这一切都是要在一千多人的注视下做到，压力之大可想而知。

时加宪没等学生们静下来就拿起粉笔，转身在黑板上写下了“10、9、8、7、6、5”几个数字。下面的学生见到他这个举动，有些疑惑，没有人再提出新的问题，只是有些轻微的骚动。只听时加宪冷静地说：“各位同学，由于时间有限，我今天只能回答十个问题。现在还有最后四个名额，你们看我是一起回答，还是先回答这六个问题？”

时加宪的这个举动超出了孟幻琪的预想，眼前的这一幕根本就不在她的安排之中，一时间场内一片安静，被孟幻琪安排当托儿的学生不知所措。挫败感不期而至，孟幻琪心里空落落的，今天针对时加宪设的局又要被破了。果然是老奸巨猾，只一个简单的动作，一句简单的问话，就化被动为主动，瞬间扭转了场上的局势。

“哼哼，老狐狸就是老狐狸。”孟幻琪在台下生闷气。自己一而再再而三地难为时加宪，可无论怎么做，总能被他化解。就算孟幻琪韧性十足，现在也难免有些灰心。

吴常和王晓红也在下面嘀咕。时加宪的反应也算是给他们俩上了一堂关于应变能力的演示课。“多亏了这丫头发疯，非要跟咱们老大斗法，不然咱们怎么能看到老大这么牛气的一面。”吴常满脸钦佩。

王晓红也配合地点点头。这一刻，时加宪身上带着一种掌控全局的气势，真的帅气极了。

“好，现在没人发言，那我就先回答这六个问题。但是，在我回答之前，我要先问同学们一个问题，请同学们想想，在大学除了学习专业知识，你们还学到了什么？”时加宪沉静地在讲台边站了一会儿之后，看台下没人再次发言，这才开口讲话。既然已经反客为主，那就要做好这个主人。自己是这堂课的主讲，那么节奏就应该由自己来掌控。

时加宪问完了问题就又变得沉默起来，这种习惯倒是跟他平常在公司的样子有点相似。但现在这个场合，沉默格格不入，而且跟之前火爆的提问形成了鲜明对比。如此，反而显得学生们没了胆气、失了分寸，气得孟幻琪一个劲儿地用眼睛“剜”自己学生会的小伙伴们。

“人际关系。”一个穿格子衬衫的女同学说。

时加宪点了点头：“没错，还有么？”

“学习方法，或者说自学能力。”

时加宪又是点了点头：“还有么？”

“更会谈恋爱了！”一个男生笑着说。他的话引来了台下的哄然大笑。

“大家不要笑，这位同学说得非常好，我可以负责任地告诉大家，谈好恋爱，和管理好企业有很多相通之处。”时加宪也笑了。

学生们都很好奇，安静地伸长了脖子等待着时加宪的解释。

“要想把这个问题说得清楚，那需要很长的时间，今天时间有限，所以我只讲几点。第一，无论是恋爱还是管理企业，都必须要有一个明确的目标。在正确爱情观的前提下，所有恋爱的目的都是结婚，而做老板或者说企业家的目的是为了让企业能够盈利和长远发展。各位觉得我说得对吗？”时加宪已经完全进入了状态，远离了最初的紧张，开始变得挥洒自如，说话条理清晰。

学生们都正值青春，听到跟爱情有关的事果然注意力都集中了过来，大声地回应：“对！”

“第二，要有责任感，凡事都要认真对待。在你恋爱的过程中，如果你三心二意，不专一，不负责任，那么一定不会有好的结果。做管理也是这样，如果总是朝秦暮楚，这山望着那山高，那什么项目都很难做成，对吗？”

无论孟幻琪是否承认，现在的时加宪已经成功地抓住了学生们的注意力。

“第三，为人要善良、正直。我相信没有哪一位同学希望找一个品格低下的人做恋人，同样的道理，没有哪个生意人想找一个奸诈之人做合作伙伴。”时加宪继续讲着，下面的学生也沉浸在他的叙述中。

“第四，需要经营。无论是谈恋爱还是做企业，我们都有自己的经营之道，没有有效的经营方法，爱情就没有了激情，企业也就没有了动力。最后自己就没有了活力，对么？”

时加宪停顿了一下，又接着说道：“当然了，关于爱情和管理企业还有很多共同的地方，但只有一点，完全不同，同学们一定要牢记……”时加宪说到这里，罕见地拉了个长音，引得下面的学生都伸长了脖子盯着他，这才一字一顿地说，“企业可以不止一个，爱人，只能一个。”

学生会意地笑了，紧接着，会场爆发出了雷鸣般的掌声。

好，很好。现在的氛围就是时加宪想要的，这种氛围说明准备工作已经做好，可以进入今天的主题了。

他拿起粉笔，开始真正意义上的演讲。

第十章　艰难如愿

时加宪站在讲台上，看着台下注视着他的学生们，心中很是感慨。曾几何时，自己也是一名懵懂的年轻人，对未来充满迷茫。刚才的自己，居然会因为人数众多而感到紧张，会因为孟幻琪的针对而感到恼火。现在，这些负面的情绪都已消失。他只想讲好这一堂课，将自己多年的经验分享给这些新鲜稚嫩的笑脸，让这些莘莘学子能在未来少走些弯路。沉静片刻，时加宪转身在黑板上写上“专业素养”四个大字。

“同学们在学习专业知识的同时，也在培养‘专业素养’。哪位同学参加过招聘会，而且应聘的不是本专业的职位？”时加宪的表情庄重严肃。无论台下学生们如何，这是他对这方讲台的尊重。或许是他这种源自内心的真诚激起了学生们的热情，台下不少学生举起了手。

时加宪随机挑选了一位男生，问道：“你是学什么专业的？”

“法律。”

时加宪听到“法律”两个字明显有些意外，当年他自己所学的专业就是法律。

“幸会师弟，我们是同一门派。”

男生听到时加宪这么说，有些激动。

“你应聘的是什么职位？”时加宪问。

“总经理助理。”

时加宪对男生的回答没做任何评价，马上又提出了一个新的问题：“你在学习法律的过程中，逻辑思维能力是否增强？”

男同学歪着脑袋想了片刻，肯定地说：“增强了。”

“你的文字和语言表达能力是否提升？”时加宪盯着这个男生，提问的速度也开始变快。

“得到了提升。”男生虽然并不适应这种被提问的方式，但还是跟上了时加宪的速度。

“分析能力是否更加严谨？”

“是的。”

“你在做事之前，是否有对行为后果评估的意识？”

“有。”

“这四年学过的知识你还能全都记得吗？”

“记不全了。”

“刚才所说的那些能力消失了吗？”

直到这个问题之前，时加宪与这位同学之间的一问一答行云流水，非常顺畅，但是这一题明显令他犹豫了。

“应该……不会。”男生沉吟了半晌，给出了一个答案。虽然这不是一个完全肯定的答案，但起码代表了男生现在的想法。

时加宪并没有过多地去纠结这个答案，转而又继续提问：“那这些能力在总经理助理这个职位上能不能发挥作用?”

男生被问得愣了一下，这个问题实在是太简单了，这些能力不单做总经理助理，做任何一项工作都是有用的，所以他理直气壮地吼出来:“肯定有用!”

时加宪看着他，满意地笑了笑，然后把目光投向众人，大声讲道:“你们在大学学到的不仅仅是专业知识，更重要的是，在学习专业知识过程中，培养出来的专业素养。知识可以忘记，素养却不会消失;知识只能专用，素养却能够通用。同学们，你们的专业白学了吗?”

其实在时加宪跟那个男生对话的时候，其他学生就已经若有所悟。现在这一句提问更是捅破了最后一层窗户纸，所有人异口同声地喊出了答案——“没白学!”随之而来的是雷鸣般的掌声。时加宪站在那里，微笑着享受学生们给予的荣耀。

全场气氛热烈，而孟幻琪却兴奋不起来，看着时加宪又一次破解了自己的招数，心中难免有些失落，但她同时也折服于时加宪此时的风采。这使她的内心无比纠结。

片刻后，时加宪示意学生们安静:“感谢同学们的掌声，但仅以‘专业素养’为资本还远远不够!大家再一起来寻找一个答案，如果你应聘一个职位成功了，为什么你会被录用?补充一点，不管是哪个职位，都只有一个答案。”他随手又指向一名学生，示意他回答这个问题。

这名学生对于自己被点到很是意外，因为紧张，支支吾吾:“因为……就一个答案?我……我还是再想想吧。”

台下又是一阵笑声，时加宪也微笑着示意他坐下，然后转身在黑板上又写了四个大字“核心需求”。

“答案就是企业用人的核心需求——当企业把某一份工作交给你，你能够很好地完成。这个‘很好地完成’的标准就是达到或超过企业追求的工作效果。也就是说，能做好，或做得更好。如果你是面试官，你觉得什么样的人能把工作做好呢?”他又邀请另一名同学回答这个问题。

这名学生脱口而出：“有经验的。”

时加宪点点头，在黑板上写了“经验”两字，转回身接着问：“曾经做过或者说做好过相同或类似的事，一定就代表以后也能做好吗?”

很快一个戴着眼镜的小姑娘站起来，落落大方地说道：“不一定。如果用机械化战争的经验打信息化战争一定赢不了!”

“说得好。我们学习的最终目的就是要解决问题。社会在进步，科技在发展，我们要与时俱进。创新力不但能强己，还能强国。”时加宪又在黑板上写了“创新力”三个大字。

“我们有了经验和创新力，是不是就一定能把事情做好呢?”时加宪继续问。

一名男生举起了手，在时加宪目光的鼓励下站起身回答道：“好像也不一定，要是做事不认真，或者心眼贼坏，就算有经验、有能力也没啥用。”

礼堂里又回荡起一阵欢快的笑声。生动、有趣又易于理解，大家都发自内心地开始享受这次讲座。

“他说得没错。认真、进取、务实等这些良好的心态往往比能力还重要。”时加宪再一次肯定了回答问题的学生，在黑板上写下“心态”这两个大字。

“有了丰富的经验、很强的创新力和良好的心态，这回应该能把事情做好了吧？”时加宪望着台下。

“好像也不行。我爸妈从小就逼我学钢琴，我对钢琴不能说讨厌，但总觉得没劲。我喜欢电脑，一直偷偷自学，现在我比计算机专业的学生还……也不差！如果当初学计算机，我应该要比现在更好……嗯——就是这个意思。”男生一边说，一边还不好意思地挠挠头。他长得又胖又高，想象他与钢琴在一起的样子还真是有点违和。

时加宪叹了口气：“是啊！很多人可以和不爱的人结婚，生活也算平常，但却无味。若两人相爱，纵是困难重重，千难万险，也依然能笑对人生，快乐无穷。这就是激情！”

他写下了“激情”两个字。

“喜欢做、想做好、要做好就会有最大的可能性达成目标！这就是人类发展的动力之源！有了它，我们自然会有良好的心态，用我们优异的创新能力不断地克服困难、寻找方法、解决问题！而最终把我们要做的事做好，做得更好，做到完美。到时，我们不但拥有了让企业垂涎的经验，更是确立了我们自身价值的资本！”

说到这里，时加宪的情绪也激昂起来。掌声又一次热烈地响起，就连孟幻琪安排的“自己人”都使劲鼓掌。孟幻琪十分无奈。这家伙课讲得深入浅出，让人受益匪浅，这并不是她当初想要看到的，可眼下的情况也不能说不好。孟幻琪有些迷茫了。

趁着热烈的气氛，时加宪继续说道："亲爱的同学们，看看这四种优势。经验，需要条件和过程的实践积累，我们不能勉强。创新力大家缺少吗？出个鬼主意、想个新花样没人能撼动你们的霸主地位！良好的心态对于各位饱读诗书的精英学子们不算是难事吧？你们应该表现得更好。再告诉我，身为早上八九点钟的太阳，大家缺少激情吗？"时加宪笑着问道。

"不缺！"回应他的是如同海啸般轰鸣的答案。

"恭喜大家，四项优势胜出三项！现在谁还敢说你们没有竞争力？"这一次，时加宪给学生们鼓起了掌。欢呼声响彻礼堂。

孟幻琪呼了口气，靠在了椅背上。如果可能的话，她现在想用这椅子把自己完全包裹住。她需要安静一会儿。

"谢谢大家，"时加宪等到现场稍稍平复才又说道，"以上只是常规的优势的分析。纪如月若仅仅依靠以上几种优势，难以胜出，必须挖掘非常规优势。所以只能剑走偏锋，奇招制胜。当然，这种方法几乎是不可复制的，甚至还可能起到相反的作用。正像同学们知道的，纪如月的确没有参加过任何招聘会，她也只做了一份简历。这份简历囊括了她在学校期间的一切工作记录、所有活动的设计方案、发表过的全部文章和成绩单等，几乎所有能体现她经历和能力的资料都在其中。这样的简历对于任何一名招聘人员和面试官来说，都是一场噩梦。因此也就注定这份简历只能精确制导。纪如月利用一周左右的时间，找到全商集团总裁的家庭住址，并精确地了解到了总裁及其家人的出行规律，就在总裁出门而总裁夫人独自在家时敲开了门，向总裁夫人说明来意，同时将那份简历交给了总裁夫人，并对总裁夫人重点说了两句话：‘我绝对有这个能力做好这份工作，并把工作内容及时向您汇报；我也会努力为总裁多分担一些工作，好让他有更多的时间和精力来陪您。’”

说到这里，时加宪的话戛然而止，但学生们的掌声又一次响起。

孟幻琪有些失神地站起来，挤过人群缓缓地走出礼堂。

最初，孟幻琪以为到了自己的“主场”，无论如何也能给时加宪添些麻烦，让他原形毕露。在时加宪刚掌控局面时，孟幻琪还抱有一丝幻想，觉得起码可以跟他打个平手。可直到刚才，她听见学生们一阵又一阵的掌声，她才确定，自己今天又一次输了。

更让她不能原谅自己的是——她竟然越来越佩服时加宪。这可是害了孟氏的仇家啊！

究竟要怎样才能找到时加宪的软肋，揭穿他伪善的面具呢？孟幻琪陷入深深的思索。

电话铃突然响起，是张韬。

“找我什么事？”虽然校园里风和日丽，但她的心情却烦躁异常。

“这么长时间你一直没和我联系，到底怎么回事？”张韬似乎没听出孟幻琪声音中的情绪。

孟幻琪被他这审问般的语气一激，更加恼火，语气也更加冷淡：“正在执行我的计划，你急什么？”

“计划是什么，计划是让你作为卧底潜伏在时加宪身边。而你呢，居然跟他对着干！”张韬也火气十足。

“你说得轻巧！他都不让我进猎头部，我还怎么卧底？不给他点颜色，我还叫孟幻琪么！”

“你上回和我联系的时候不是说一切都很顺利么，怎么又发生变故了？”

“你问我，我还想问你呢！再说了，他本来也不是什么好人，出尔反尔不是很正常么……喂，喂！你怎么不说话了？”孟幻琪看了看手机屏，一抬头吓了一跳。张韬正站在她面前，瞪大眼睛望着她。

孟幻琪气急败坏地挂上电话：“来都来了还打什么电话！你怎么知道我们今天在这儿……你盯着我干吗？”

张韬一副白日见鬼的表情：“你怎么打扮成这样？”

孟幻琪实在没想到张韬居然会问这么个问题，斜了他一眼：“我哪样了？我在问你，你怎么来了？”

“来找你。其他的先别说了，你赶紧把现在这身行头换掉，原来的打扮也成，就是不要现在这副样子。”

孟幻琪十分疑惑，怒目而视：“凭什么换？我穿什么你管不着……”

“咱俩冒了这么大的风险，耗费这么多时间和心血到底是为了什么？想想孟氏，想想你的母亲！你能不能不要这么任性了！”

孟幻琪刚想开口反驳，她的手机再一次响起。

“林琳姐，什么事儿啊？什么！明天到猎头部报到！林琳姐你没骗我吧？”

这次轮到张韬诧异了，他有点想不通，为什么事情突然会柳暗花明呢？

孟幻琪挂上电话，开心地又蹦又跳。虽然她连续三次发难都被时加宪成功化解，但时加宪也是精疲力竭，消耗很大，早已无心再战。而且，时加宪本就理亏，事情再闹下去，对谁都不好。孟幻琪想。她也重拾起了胜利者愉快的心情。

“嘿，我明天就去猎头部报到了。你看，就得跟时加宪掰掰手腕，让他了解到我的实力！行了，这样你也可以放心了。我还忙着呢，你回去等消息吧。”孟幻琪说完，就蹦蹦跳跳地回礼堂去了，留下张韬一个人愣愣地站在那里。

第十一章　擒猎之路

还是往日上班的路，却是不一样的清晨。孟幻琪觉得树木都在散发着平常难以发现的清香，花儿也更加鲜艳。仿佛每个人的脸上都带着轻松的笑意。她已记不清，上一次这样步履轻盈是什么时候了。此刻，她只觉得周遭的一切都很美好。

孟幻琪一路带风，直接掠过公司的前台和综合办公区。往常她都会在这里驻足一会儿，跟熟悉的人聊上几句。今天她却毫无停留之意，只挥挥手，留下一闪而过的残影。

孟幻琪走进猎头部的办公室时，时加宪已经在和吴常、王晓红开晨会了。他指了指吴常旁边的座位，示意孟幻琪坐下。

孟幻琪昂着头，像只骄傲的天鹅。同样的环境，换了心情和身份，一切似乎都不同了。

“孟幻琪虽然是第一天到猎头部上班，但大家彼此都很熟悉，自我介绍就免了。我们掌声欢迎新同事的到来。”时加宪一边说一边带头鼓起掌来。

倒不是吴常和王晓红不用心，只是三个人的掌声无论怎样都是稀稀拉拉，有还不如没有，孟幻琪不禁撇嘴。掌声停下的时候她才觉得有些不对：偌大的猎头部，自己只见过这三个人，其他人都哪儿去了？

“能来猎头部，实在是太不容易了！我今天非常高兴。不过这里……怎么就你们三个人啊？”

“不是每个进入猎头部的人都能最终留下，公司每一位猎头顾问也就是猎手的身份都是秘密，现在还不能介绍给你。你现在是实习助理，有三个月的实习期，学习有关猎头的基础知识，进行技能培训。如果通过考核，才能像吴常和王晓红这样成为猎头顾问助理。到那时，我才会把所有的猎头顾问正式地介绍给你。当你成为猎头顾问助理时，你可以选择一位猎头顾问，协助他的工作并进行下一步学习。”时加宪正经严肃，把规矩介绍给孟幻琪。

孟幻琪听得云里雾里，只听明白了自己有三个月考核期，转正后，才能正式接触业务。这一想，不禁眼前一黑。

“这三个月内吴常和王晓红会为你做相关基础培训，我会定期考核。到时候完成不了培训计划，如果是你的原因，你就离开猎头部；如果是他们的原因，那他们就重新做回实习助理。”时加宪淡淡地叙述着，但听语气，似乎没有任何商量的余地。

“她就交给你们俩了，我要出去办案子，一周之后回来考核你们，希望一切顺利。”时加宪对孟幻琪说完，又交代了吴常和王晓红几句，就转身出了办公室，连个提问的机会都没留给孟幻琪。

转眼间，办公室里只剩下了吴常、孟幻琪和王晓红。三个人相互对视，谁也没想到时加宪就这么潇洒地离开了。

“这算是什么事儿啊！”孟幻琪有些崩溃，她发现自从来到德才胜华，每次被喜悦击中时，都会伴随着某种遭遇。就像今天，本来高高兴兴地来到猎头部，以为能马上接触到猎头运作的内幕，很快完成和张韬的任务，为孟氏“报仇雪恨”，结果就换来了吴常和王晓红的“基础培训”，还要坚持三个月！

吴常乐呵呵地凑到孟幻琪的身边：“小幻琪，别失望啊，我们也都是这么过来的。想做猎手可没有那么简单，你得先把我们拍在沙滩上。”

王晓红立刻翻了个白眼：“吴常，你快闭嘴！赶紧干正事。时间紧任务重，来幻琪，咱们现在开始。”

没准现在的局面也是好事，孟幻琪想。以时加宪的老奸巨猾，还真不见得能被自己套出实话来，跟着这两个人没准能有更大的收获。

“好吧，那你们现在就给我讲讲怎么挖人吧，最好多讲点实际例子，我特有兴趣！”孟幻琪露出了一副天然呆的表情。

“那是最后面的内容了，你还是先学基本常识吧。还没学会爬就想着飞了！我先给你讲讲猎头的起源……”

吴常刚要开始，就听到孟幻琪跟念经一样背诵起来：“‘猎头’，Headhunting。原意指为远古人类割取敌人的头作为战利品的人，当时部落作战，胜者把对方的头颅砍下来，挂在腰间炫耀。‘二战’以后，欧美一些战胜国从德国等地寻找需要的科学家，他们像猎人狩猎一样派专业公司到处物色优秀人才，‘猎头’一词被借用并逐渐流传开来。与一般的企业招聘、人才推荐和职业介绍服务不同，猎头追逐的目标定位在高学历、高职位、高价位三位于一体的‘金领’身上。搜寻的是那些受教育程度高、实践经验丰富、业绩出色、表现出色、有着优秀的工作成绩的各行业资深专业技术人才和高级管理人才。”孟幻琪背起这些理论知识手到擒来，超强的记忆力就连她的导师都心生羡慕。她越背越起劲，一边背还一边用得意的眼神看着吴常和王晓红，“猎头的流程通常有：客户定向、职位分析、委托猎聘、搜索目标、评估背调、推荐录用、设计跳槽、付款结算和所谓的跟踪服务。当然，所有的这些名称都是自我美化，这些流程说白了，就是拿雇主的钱，去挖雇主想要的人。因为这里面的利润太丰富啦！按猎物年薪的 1/4 到 1/3 收人家的钱，这买卖太赚了！至于猎头行业的六大原则，我早就倒背如流了，当然这些也是说给别人听的，哈哈。从事猎头的人员按其负责内容可分为：Business Development、Cold Call、Researcher，也就是 BD、CC 和 R。说得通俗一点就是掮客，专门挖人家墙脚的，还有就是狗仔队专门搜集小道消息的。时经理不在，我就这么说了哈，你们别嫌难听，咱们都是做这行、拿这份钱的，也别那么文绉绉。行了，咱们还是直奔主题——告诉我，挖人的方法，说些案例，等我赚了钱大家分。”

背完理论，孟幻琪摊开笔记本，摆出一副认真听讲的模样。

“我说，咱们别干待着啊，你们俩这么盯着我，我都不好意思了。赶紧讲吧，咱们时间紧任务重，可耽误不起。”孟幻琪等了半天也没发现这两个人有开讲的意图，不由催促道。

“幻琪，你说的……”王晓红憋了半天，忍不住刚想开口，被吴常一个眼神制止了。

“哈哈，幻琪，你这……你这讲得是真不错！”吴常恢复了他那副嘻嘻哈哈的嘴脸，“搜索了这么多内容，起码说明你这自学能力非常强！从这个角度来说我和晓红很开心啊！我们也能省点力气。好！非常好！但是这里有个技术性的问题，我们还没有达到能够 CC 的级别——也就是你刚才说的那个挖墙脚。所以目前我们的流程是这样的，如果你想要去挖墙脚，你就要自己去找业务，然后才会有猎头顾问替你去挖，或者你指定一位你看好的顾问也成。简单来说，就是没单子，没法挖。除了这个渠道，我们根本就没有其他办法。”吴常语重心长，说得孟幻琪头大如斗：居然还有这样的规定！

“哎！……”王晓红听了吴常的话，眉头一皱刚想接着说，但又被吴常给堵了回去。

“不过你也别灰心，以你之前那么快就能做到销冠的光辉历史，仅仅几个单子是肯定没有问题的。到时候请时经理帮你挖！哈哈，幻琪同学，祝你万事顺利。晓红，咱们赶紧撤吧。”吴常用极快的速度说完话，逃命似的拽着王晓红就往外走。

孟幻琪被孤零零地留在办公室里，咬牙切齿地看着周围的摆设。自己经历千辛万苦，扛住了百般阻挠才进入猎头部，可换来的就是一个人独守空闺？

她越想越气，但又不知道该怎么办。这时，她想起了一个人——张韬。

真是造化弄人，第一次见面的时候，一个是有着重大嫌疑的偷拍者，一个是义正词严带着家族使命的审问者。现在倒好，两个人结为攻守同盟，居然变成了队友。

张韬一进咖啡厅大门就看见孟幻琪气鼓鼓地坐在那里，不由得心头一凉。这姑娘今天是第一天去猎头部报到，正应该春风得意，怎么会这样？难道又出了什么变故？

他刚刚坐下，孟幻琪就委屈巴巴地把今天吴常对她说的话告诉了他。听了这个规定，张韬也吃了一惊，随即沉默了。他不确定这个规定是否真的存在。作为计划的制订者，他需要考虑清楚：是不是已经暴露了？这些是不是时加宪故意设的局？

孟幻琪见张韬不吭声，只是低头思考，便继续说道："我本想从他们嘴里套话，谁知居然有这样的规定！还真的要去挖人！你知道我是最恨这种事的，我不干！"

"那证据怎么拿到？"张韬一脸平静地问。他没有生气，甚至一点情绪都看不出。

孟幻琪被戳到了痛处，这一段时间的"潜伏"也好，针对时加宪的算计也罢，都是为了能给孟氏报仇，让更多人能够对这个行当有所防范。她已经付出了这么多，怎么可能舍得放弃？

"俗话说'不入虎穴焉得虎子'，你都已经进了'虎穴'，难道就这么打退堂鼓了？"

"那个……我也不是打退堂鼓，就是想找别的办法。"孟幻琪嗫嚅，她真的有些灰心了。

“不坚持往下走，我们什么都得不到！”张韬盯着孟幻琪。

“这事太缺德了，我真的做不来啊！”孟幻琪非常为难。

“当初你想要做卧底，我说不行，你非要坚持，我下了很大决心才跟你合作。这些你也是知道的，结果我忙上忙下地帮你进了猎头部，你现在说不干就不干了，是不是考虑一下我的感受啊！”张韬动之以情，晓之以理，“这样吧，你不用担心签单的事，我还是有些资源的。我来想办法，你只要跟着做就行，怎么样？”

第十二章　订单陷阱

吴常和王晓红像两只鹌鹑一样蔫头耷脑地站在时加宪面前，时加宪不说话，他们连大气都不敢喘。而孟幻琪则大大咧咧地站在一边，高高地扬着头。

时加宪坐在办公桌后，面无表情，仔细翻阅着几份猎头合同。

“老大……”挣扎了几分钟，吴常实在忍不下去，开口试探性地唤了时加宪一声，见时加宪没有阻止，便继续说道，“这个，您也知道的，我这个人没有坏心，也是一时气急，没想到……”

吴常还想继续往下说，但被孟幻琪抢过话头：“时经理，我觉得这个所谓的‘实习助理在学习期内不得签约任何业务’的规定本来就不合理。吴常没有错啊！您也教导我们说工作就是要不断突破、不断打破常规，这样我们的业务才会有发展……”

她正说得欢快，被王晓红拽了一下：“好了幻琪，别说了。”王晓红小声劝阻。

时加宪忽然抬头，看了一眼满脸兴奋的孟幻琪，又低下头继续研究合同。

“我觉得吴师兄这次也算是立了大功！他还建议我选定您去帮我挖

人呢！这也是对您好嘛，您也能多赚几笔不是？不过这也都是我应该做的。”孟幻琪笑道。

吴常顿时糊涂了，这孟幻琪到底想干吗？说这些是想替我说话吗？简直就是嫌我死得不够快啊！

时加宪放下资料，目光在吴常和孟幻琪两人脸上来回游弋，像是在寻找着什么。

半分钟后，时加宪摇摇头，清晰地吐出了两个字：“退单。”

这个决定超出了所有人的预料。从来就没人听说过时加宪会把赚到手里的钱再扔出去。

“什么？为什么啊！这白纸黑字的都签上了，你说退就退啊！你知不知道签这些单我有多痛苦……辛……辛苦！”

一向稳重的王晓红也开始替孟幻琪说话了：“经理，就算是坏了规矩，可合同都已经签了，咱们再怎么样也不能毁约啊！”王晓红一向信任自己上司的能力，也很欣赏孟幻琪的才华。而且这三单，佣金一定不少。

“看来你们都已经忘记了当初我给你们讲的。BD 最重要的是事先做企业背调。草率签约会很容易让我们陷入不确定风险当中。签这三份合同，只用了短短一周，这未免也太容易了！要知道天下没有免费的午餐。”时加宪一脸平静地解释，“你们说什么都没用，我说退单就退单。”时加宪挥了挥手，表示这件事已经不必再说了。

“好啊，退就退。我看您就是不敢接。没有金刚钻，别揽瓷器活！”孟幻琪伸手拿过资料，同时递给时加宪一个冷笑。她和张韬的努力被他几句话就打发了，她拼命压抑着自己的怒火。可让她没想到的是，时加宪猛地站了起来。

“你说什么？”他盯着孟幻琪，明明是大发雷霆，眼神里却有一丝悲凉。

“我说了好多话。”毕竟呛了自己的上司，孟幻琪有些心慌气短，又不想落于下风，只得梗着脖子嘴硬。

“你的账以后再算。”时加宪指了指吴常，又转过头对孟幻琪说，“从现在开始，我亲自教你，准备寻猎。”

直到时加宪的身影从办公室门口消失，几个人才回过神来。他们从来没见过时加宪像今天这样。

半小时后，时加宪把大家召进了会议室，示意孟幻琪介绍客户资料。

无论刚才是一种什么样的情绪，一接触工作，所有人瞬间进入状态，将注意力完全集中在投影上。

孟幻琪简单整理了一下资料，配合着演示文稿开始讲述：“牧青原公司是生态农业企业，遵循‘绿色生态，循环经济’的经营发展模式。牧青原生态农业旗下产业：牧青原生态奶牛养殖基地，占地 50 万平方米，存栏中国荷斯坦奶牛 1160 头，年产出鲜奶 1.2 万吨；牧青原乳牛科技养殖基地，占地 11 万平方米，年出栏蛋白犊公牛 1 万头；牧青原野猪养殖基地，占地 66824 平方米，年出栏生态野猪 5000 头。加之农林牧副新技术研究所、生物饲料厂、新能源公司、有机肥厂、有机蔬菜种植基地、农机合作社等 9 家子机构。总部所在地双山市农业示范基地占地50万平方米，拥有现代化奶牛养殖场、现代化生态野猪养殖场、大型沼气制造厂、有机肥生产厂、40万平方米的有机农作物种植示范田和建设面积2000平方米的现代生态办公大楼。目前，牧青原生态农业已经实现生物饲料—生态养殖—寒地沼气能源—有机肥—有机蔬菜、粮食、牧草种植—销售—环保人居的循环生态农业模式，生态野猪肉是将东北纯家猪经过改良与野猪杂交，开创出了国内独有的原生态、饲草型肉食猪种。前两年，牧青原农场建立了全省唯一的蛋白犊公牛养殖基地。蛋白犊公牛，是利用奶牛繁育的公牛犊，饲养6个月出栏。乳牛具有天生免疫力，营养滋补的功效非凡；全程鲜奶饲喂，其肉质鲜嫩，入口即融，蛋白质含量是普通牛肉的2倍多，是绝佳的肉食产品，是高档宴席上的一道名贵佳肴。现在牧青原公司的董事长欲委托我们为他们寻猎一名总经理，对生态、循环农业的总体规划、管理经营、市场开展有丰富经验和成功案例的资深职业经理人。每月底薪2.4万，年终按公司当年纯利润的30%再次奖励。我们的猎头佣金是51万。"

吴常听着佣金的数目，两眼放光："51万，很可观啊！"

"天上是掉不下来馅儿饼的。就算是掉下来，你也接不住。"王晓红白了吴常一眼，一脸嫌弃。

"没事，我嘴大。"他呵呵一乐。

"时经理，咱们准备怎么挖人？"孟幻琪很想趁着吴常和王晓红兴奋的时候把这单促成。她很清楚，这51万并不是已经咽到肚子里的肉，而是随时可能飞走的鸭子。当然，她在乎的并不是这份佣金，而是在这个过程中能够记录下时加宪挖人的手段，从而撕下他那伪善的面具。

时加宪瞥了孟幻琪一眼，他实在讨厌孟幻琪把寻猎称为挖人，这不仅是不专业的表现，更是对猎头行业的不尊重。不过，他并没有将这种厌恶感表现出来。只是身体微微前倾，把双手放在桌上，用一种很轻松的姿势坐稳，然后不急不缓地说："我们目前还不能寻猎！"

这句话在孟幻琪意料之中。虽然时加宪答应会接下这个单子，但他怎么会这么简单就让自己顺心如意。

"我听他们说了你的表现，既然你能够给他们俩做这么精彩的猎头业务讲解，那么你也肯定知道这一单在签约之前还少了两个流程。"时加宪问完就稳稳地坐在那里，一句多余的话也不说，留下孟幻琪他们三人面面相觑。既然是签单之前该要做的事情，那现在单都已经签了，还提出来干什么？没有意义啊！

孟幻琪的笑有些心虚："流程，您是说企业背调，也就是企业背景调查和职位分析吧？……"

"现在去安排。"时加宪毫不客气地打断了孟幻琪的话。

四人准备就绪，便驾车前往牧青原。

牧青原总部远离城市，装修得豪华气派，看起来完全不像是一个农牧类企业，反倒像是一个科技类公司。董事长王总是一个精明强干的中年人，他热情地把客人迎进了办公室。

办公室是中式风格，办公桌和窗台上摆着盆景，墙上还挂有精致的水墨画，看起来是一位很有文化底蕴的生意人。几个人简单地客套了几句，便都落了座。王总坐在自己硕大的老板台后面，喝了口茶，苦笑着对时加宪说："之前我也找了好几家猎头公司，前前后后用了一年多的时间帮我找这个总经理，可是都没成功。说实话，我把牧青原经营到现在这样，本事已经用得差不多了。牧青原想继续发展，得用能人、请高人。可我就想不明白了，请一个能人怎么这么难呢？这猎头居然也不好使！说实话，你们是我找的最后一家了，再不成，我只能自己想办法了。"

"感谢王总的坦诚相待，我也很敬佩您的远见卓识和胸怀。至于能不能通过猎头来解决您的问题……咱们还是先按流程走。"时加宪真的很欣赏王总这样的人，说话不藏着掖着，有什么说什么，也节省大家的时间。不过时加宪的话没有说得太满。

王总倒是对背调没有什么明显的反感，但也说出了自己的疑虑："这倒是没有问题，不过你们是第一家要考察得这么细的。我还是有些奇怪，之前的几家无非就是和我们的 HR 打打电话，发几封电子邮件就行了。一定要这么费事么？我们的用人标准和薪酬我的 HR 已经在合同上都写得非常清楚了。"

时加宪没有作过多的解释，只是很诚恳地说道："王总，我们不但要考察得仔细，一些关键性的场所还要劳烦您亲自陪同。无论是阶段性的成果还是最终的结果，总之我们一定会给您一个交代。"

王总听时加宪这么说，笑了笑，拿起大茶杯又喝了一口茶，大手一挥："我答应了，也别什么关键不关键了，我全程陪同。我倒要好好看看，你们究竟跟别人有什么不一样！"说完就带着众人走出了办公室。

牧青原的养殖基地坐落于一片风景优美的山上，第一站就是野猪养殖基地。一头头膘肥体壮的野猪在干净的猪舍里呼呼大睡，还有一些不安分地在山坡上撒着欢，啃食着纯天然的美味。

王总指着一排排的猪舍介绍着："这些都是野猪和优质的东北家猪交配三代后的品种，87.5% 以上都是野猪的基因。平常的猪三四个月就出栏了。我们的猪要 8 个月才能出栏。吃的也是我们生态种植基地的纯绿色的野菜和蔬菜。每个猪舍都安着空调呢，用的都是我们自己修的沼气池发的电，咱不浪费国家的电。你看，外面还有运动场，那边还有一大片林子，都是给这些猪用的。这些宝贝比我都享福。"王总一边在前面带路，一边骄傲地介绍着。

时加宪看着眼前的猪舍和猪，虽然也有些感叹这些猪的生活品质，但还是最关心业务方面的问题："市场定价是多少？"

"68 块钱一斤。"

时加宪皱了皱眉，看起来像是在惊叹这猪肉的价格，随后他又询问起了猪肉的销量。王总并没有回答，继续介绍着猪舍的情况。直到最后离开野猪基地时才若有所思地说："刚刚繁育成熟，还没上市呢。这任务就是要交给新任总经理了。"

时加宪听了默然不语，跟着王总来到下一个地点。

牧青原的第二产品板块是乳牛科技养殖基地，相比刚才，王总的表情越发地自豪了。

"看见前边那些小牛了吧，这是蛋白犊公牛，我们都叫它们'小白牛’。这是奶牛生的小公牛犊，全程不喂草，只喂奶，6个月，也就是还是小牛的时候就出栏。其肉质鲜嫩，入口即化，蛋白质含量是普通牛肉的2倍多，这么说吧，你就是白开水涮一下直接入口，都比吃红烧牛肉香。这样的肉质就是放到国际上都是上品。日本横滨的牛肉很有名气吧！拿来和我的比比！”王总的语气里是满满的自豪。

时加宪又问了价格。王总骄傲地说道：“也不贵，268元一斤。”

他似乎不太愿意在这个问题上过多解释，带着众人接着往下走，又参观了生态种植基地。

“在这儿，清一色都是实实在在纯天然的绿色食品。倒也不是我这个人有多么高尚，实在是因为这肯定是未来的趋势。绿色食品的比例会越来越大，最终成为大众的日常消费品。我们的产品有保证，公司也有这个实力。国家都会支持我，这也是国家发展的趋势嘛……”王总滔滔不绝。

时加宪一行人终于完成了对牧青原的背调。回到德才胜华后，时加宪布置了接下来的工作。

第二天，孟幻琪又跟着吴常和王晓红忙活了一天，下班后，她就像是一个刚刚得到新玩具的孩子，迫不及待地约张韬在一家餐厅见面，想要传达新获得的情报，好让这个总觉得自己做了赔本买卖的记者得到些安慰。

“这么快就猎到啦？时加宪也太快了！”可能是太过震惊，张韬的脸色有点古怪。

孟幻琪搅动着饮料，摇了摇头。

“那他锁定猎物了？”

孟幻琪还是摇了摇头，紧接着略有惊讶地说：“你这专业术语用得很熟啊！”

“啊！这个……这个嘛，这就是关注的时间久了，多少了解一点儿。你赶紧说正事，到底是什么情况？”

孟幻琪看着张韬那急切的表情，还真是有点感动。这个家伙无论在什么情况下都尽力帮助自己完成业绩，也不知道做了多少的努力。虽然偶尔脾气不太好，但最起码他是一个勇于揭露真相的、正直的记者。

“他先是装模作样地带我们去牧青原做了个考察，其实根本就是在折腾我们，看到的东西跟对方给我的资料基本上没有区别，完全就是多此一举。回到公司也没开始准备挖人，而是让我们为这个职位做一份工作计划，这与我们有什么相干？完全是耽误时间！”

孟幻琪虽然在德才胜华待了一段时间，但对于猎头工作，还是个门外汉。而张韬心思缜密，他肯定，这中间必有关节，但他一时间也找不到其中的门道。

孟幻琪看张韬皱着眉头，赶紧安慰说：“不用想了，明天就是交计划的日子，有消息我再通知你。”

“计划不是你做的？”张韬有些疑惑。

“我不感兴趣，也不想参加。吴常他们做了，我明天旁听就行。”孟幻琪淡淡地回答。她没发现张韬脸上又出现了那个恨铁不成钢的表情。

第二天一早，孟幻琪惊讶地发现自己好像迟到了。她瞪大眼睛仔细看了看表，发现自己其实比平时到得还早。

她还不知道猎头部这个不成文的规定——凡有重要的事情或者任务，相关人员都会提前过来准备。虽然时加宪一直对这笔业务不满，但规矩就是规矩，猎手的世界里没有玩笑。

孟幻琪有些尴尬，赶紧找了个位置坐下，摆出一副认真听讲的样子。

时加宪扫了她一眼，示意吴常继续。

“狼王入林，兽走林外，虎不开山，狼兽不正。”吴常今天表现得异常正经，腰板儿挺得笔直，但说出来的话却完全让人摸不着头脑。

“是狐音枭鸣吧？”时加宪的语气一如既往的平淡，却让孟幻琪有点抓狂，今天这是怎么了？对暗号呢？

“呵呵，就两天。只能外脑探功了。”连王晓红说话都不正常了。

“你觉得呢？”时加宪突然转过头问。孟幻琪现在恨不得找个地缝钻进去，自己根本就没参与，哪有什么意见可言？再说，就算是有意见，他们说的这些黑话自己也听不懂啊！“呃……我……完全赞同……”孟幻琪说话的时候低着头、侧着脸，尽量躲避时加宪的目光。

“再给你们两天时间解图。”时加宪似乎早就料到了孟幻琪的反应，并没有多说什么。吴常倒是惊讶于这次时加宪在时间上的大方。“还用什么两天啊！我们早就准备好啦……”

“两天后，由孟幻琪解图。”时加宪冷冰冰地打断了吴常的话，还没等孟幻琪开口，就用一句“散会”结束了会议，完全不给孟幻琪任何推托的机会。

孟幻琪顿觉五雷轰顶。

第十三章　猎手暗语

孟幻琪见吴常和王晓红要离开会议室，急忙追过去："师兄、师姐，你们别着急走啊！"

"这都散会了，我们不走干吗？"吴常其实很能理解孟幻琪，两天后就要解图了，现在还两眼一抹黑，不慌张才怪。但是吴常心里也有气，你接回来的单，凭什么一直推三阻四，留下一大堆工作让我们来替你受累？现在倒好，知道逃不掉，才想起我们来了！于是他摆出一副"事不关己，高高挂起"的样子。

孟幻琪赶紧递上一个笑脸，心里别提有多别扭了，可人在屋檐下，不得不低头，要是两天后没办法解图，出丑事小，计划失败事大。

"你们刚刚在会上说的我没听懂，都是什么虎啊狼啊的，而且这么两句就结束了……能不能麻烦师兄师姐帮帮我？"

吴常看了一眼王晓红，又扫了扫孟幻琪，撇着嘴："你自学能力那么强，说得一套一套的，而且你又不屑于参与工作计划，我们以为你什么都懂呢！"

孟幻琪一直不觉得猎头这一行有多么高的专业性，所以直到现在，她也没有很认真地对待这件事，没有想去真正地接触和学习。现在被人抓住了马脚，支支吾吾地说不出话来。

吴常见状心中暗爽，又火上浇油道："哎呀，咱们快走！幻琪两天后就要解图了，肯定很忙。咱们就别耽误她时间了。"说完就拽着王晓红往外走。

"师姐别走啊！我承认错误还不行吗？偷懒是我不好，以后我肯定好好工作，多向你们学习。你们就帮帮我吧！"孟幻琪眼睛泛红，看起来可怜巴巴的。

王晓红第一个沦陷在孟大小姐还没流出来的眼泪里："你真的想学？以后能踏实做事？"

"一定。"孟幻琪眼神坚定，充满渴求地望着王晓红。

"既然这样，我们……"王晓红转过身。

吴常抢过了她的话头："我们就给你个劳动改造的机会，我们还是很宽容、很大度的。你向我们请教肯定没问题，不过现在有一个关键性的问题解决不好，后面的事也没办法继续啊！"

"什么问题？"孟幻琪的大眼睛眨呀眨。

"我们要帮你解释很多专业性的问题，无论是对身体还是大脑都是很大的负担，这需要很多能量的啊！而且，对提供能量的形式和质量也有相当高的要求和标准！……"

"哦，我明白师兄的意思了。我这就去定位子，保证师兄、师姐吃好喝好。"孟幻琪说完就跑了出去。

"吴常你是不是太过分了！她还是个学生，又没什么收入。"王晓红到底还是个善良的人，翻着白眼指责吴常。

"我又没说要吃满汉全席，再说了，她是自愿的。"其实吴常没想让孟幻琪花多少钱，只是对她有点气，不用点什么方法小作惩戒，实在是不痛快。

中午，三人来到孟幻琪与张韬上次见面的地方。这家餐厅惠而不贵，装修又有档次，绝对是个装点门面又能给自己省钱的好地方。

王晓红一进门就有些愧疚："幻琪，今天这顿饭我请，早上吴常只是开个玩笑，别当真啊。"

孟幻琪愣了一下，她没有想到王晓红会这么为自己着想。

"晓红姐，我可是销冠呢，手里还有猎头单子，您不用帮我省钱。"孟幻琪感激地说，"之前都怪我太任性了，造成了很多的误会，也没有向你们虚心请教。这顿饭算是我向师兄、师姐赔礼啦。以后还需要你们多多指教。"

王晓红又推辞了一番，这才接受了孟幻琪的"谢师宴"。随即认真详细地解答起她的问题来。

"幻琪，咱们说正事。你要知道，咱们做猎手的，无论是从保护客户的角度，还是从保护候选人的角度，为了不暴露自己，顺利完成任务，都要严格遵守猎头的六大原则之一'保密原则'。特别是在公共或敏感的场合下，一旦泄露了就是'重大商业泄密'。你应该知道这样的后果吧？所以时经理设计了猎手暗语，以便在不方便的场合下也能进行必要的交流。今天我们使用的就是暗语。"

王晓红一脸正色地对孟幻琪解释着。她很谨慎，即使在这没多少人的餐厅里，声音也压得非常低。

孟幻琪恍然大悟。自己人开会还用暗语，显然是为了惩戒自己对工作的不重视。

“每条渠道的暗语都不一样，只能几个关键人员设计和掌握。还有很多功力不深的猎头公司根本就不设暗语。设计出来的暗语，如果被别人知道了，就要再重新设计。”吴常也严肃起来，毕竟吃人嘴短，该帮的忙还是要帮。

“那师兄师姐先给我解释解释今天在会议室里用的那些暗语吧！”孟幻琪求知若渴。

吴常笑了笑，吃了几口菜，又品了品红酒，这才咂巴咂巴嘴对孟幻琪解释起来。

“狼王就是总经理这个级别的职业经理人；虎呢，就是企业的老板；林就是企业，包括企业的制度、文化和政策等等软硬条件都是林；兽就是市场。狐和枭都是代表动物界的智者。只不过狐是在某一行业的专业性突出的实操性专家；枭，就是猫头鹰，更多指的是学术型的顾问。开山是企业的高层要转变经营思路。不正是指定位有偏差、计划不可行或某些因素不对接等情况。外脑不算什么暗语，通用的意思是指企业的非专职的各行业的专家顾问，其实就是‘军师’。探功就是向这些专家顾问进行咨询，所谓狐音枭鸣就是专家顾问给出的咨询意见。绘图就是设计某一任务的详细计划方案。解图就是任务实施前，对相关人员的阐述和解答。”

吴常的解释有板有眼、通俗易懂。不过信息量有点大。

王晓红见孟幻琪似懂非懂，又补充道：“这三天我们咨询了这个行业的精英和顾问。找到了牧青原公司之前猎聘总经理失败的真正原因。对消费者而言，产品的性能、品质和价格等重要因素决定其是否购买，日常消费品也就是快消品和奢侈品性能和品质不同，价格就更不同了。”

孟幻琪点了点头。奢侈品从名字上讲就与快消品不一样，很多时候是在消费产品的附加价值，而不仅仅是产品本身。“这个我知道。之前林琳说过，两者的营销方式和销售渠道都是不一样的。奢侈品要上档次，快消品要上规模。”

王晓红听了孟幻琪的话，知道她已经明白大概的意思，点点头问道：“好，那你告诉我 68 元一斤的猪肉和 268 元一斤的牛肉，是奢侈品还是快消品？”

“对于普通消费者来讲，肯定是奢侈品了。”孟幻琪顺着王晓红的思路肯定地说道。

“但是‘最终成为大众的日常消费品’，这目标面向的又是哪一部分消费群体？”吴常终于咽下了自己嘴里的一大块牛肉，开口替王晓红向孟幻琪提问。

“当然是普通消费群体了。”孟幻琪回答。

“牧青原公司野猪的出栏周期是 8 个月，而普通猪是 3 到 4 个月。周期长了一倍，目前又处于刚刚形成基础的时期，存栏率还不到 2000 头，要想达到规模化的底线 2 万头还需要两年左右的时间。小白牛就更是如此。其他生态链条还没有真正形成一个闭环，更谈不上盈利模式。这两年必然还要进行大量的资金投入，不用说 30% 的利润奖金是空中楼阁，那2.4万的月薪都值得怀疑。公司发展不起来，这位总经理的身价也就不值钱了，往后看甚至会直接影响到职业生涯，再想翻身都难啊！”王晓红对孟幻琪说。

“不是说国家会给资金支持吗？”孟幻琪天真地问道。

“国家支持的是绿色生态农业，能支持奢侈品么？市场定位错误、发展计划不可操作、生产不成规模。就算上了规模，营销模式也是先天不足。这一道道坎儿，就算是刘翔也跨不过去啊！”吴常吃得满嘴流油，一边嚼着东西一边说话，样子看起来别提多腻歪了，不过孟幻琪倒是听得津津有味，越想越觉得有道理。

“所以说，这不是猎不到总经理，而是压根就没有梧桐树，引不来金凤凰。”

“这回知道为什么在签合同之前，要严格按照专业流程先做企业背调了吧！当初老大说要退单，这回你明白了？”吴常跟王晓红联手对孟幻琪解释着。

孟幻琪明白了这个单子的问题所在，但既然时加宪让她来“解图”，说明他并没有放弃培养她。她想了想问道：“我们不是还有狐狸和猫头鹰两个智者吗，他们怎么说？把专家的意见告诉王老板，让他改进总可以吧？”

“猎头行规，六大原则之一——‘不见法人不签协议’。做企业的背调就包括了对‘老板’的面试。我们那天去王老板那里，了解他们企业的同时，也给他做了一次面试——虽然改变经营模式后牧青原的前景一定很不错，但他是不会改变的，他现在很坚定地认为自己是对的。所以是——虎不开山。你开始的时候浪费了七天，后来又损失了两天，但好在还有两天的时间。你要加倍努力啊，下面就看你的了！”

第十四章　图穷思变

孟幻琪是一个非常聪明的人，做事也很有韧性。她认准的事，就会坚定不移地去完成，不管有多难。从这个角度讲，不考虑出身，她就已经具备了成功者的一些潜质。

德才胜华的又一个清晨，孟幻琪抱着文件夹，跟在吴常和王晓红身后，向会议室走去。

“不就是汇报个方案嘛，干吗要穿得这么正式?”孟幻琪还是有点不太习惯这一套剪裁精致的职业装。她总觉得这种小裙子迈不开步子，实在难受。

“更加接近真实。”王晓红解释道。

“还是要把你们当作王老板吗?”孟幻琪的解图已经没有任何问题，只是随便一问。吴常和王晓红在这两天里多次扮演王老板，陪孟幻琪练习。

“当然了，因为我们最终还是要向王老板‘解图’。今天我们穿得这么正式，也算一种真实的体验，实战演习当然要有装备。”听吴常说得这么煞有介事，孟幻琪感到有点儿紧张。这种紧张感不是什么坏事，它并不会摧毁一个人的信心，只是让人更加集中注意力去做事。

“你们觉得这个计划可行吗？”孟幻琪稍稍有些心虚。

“你还有更好的方案吗？”吴常问道。

孟幻琪心中一紧，想到这次“解图”不单单是自己的工作，而且还关乎着吴常、王晓红乃至整个公司的利益，她真的有点担心。

王晓红递给孟幻琪一个微笑，她确实是一个合格的姐姐：“这两天，我们是看着你每次的演练，一点点帮你提升的，你自己也看录像了，肯定没问题。”

“这次也要录像吗？”提起录像，孟幻琪的脸都要绿了。她特别佩服那些新闻播音员，对着摄像头能说得那么自然流畅。

王晓红帮她推开了会议室的门。会议室里已经拉好了窗帘，投影仪已经打开，时加宪坐在会议桌一端，冷白色的灯光打在他那面无表情的脸上，看过去有点阴森恐怖。桌子边架着一个调好了位置的摄像机，显然是为孟幻琪“解图”准备的。

时加宪让吴常和王晓红坐下，示意孟幻琪站在投影前。

“可以开始了么？”时加宪问。孟幻琪深吸一口气，点了点头。

吴常打开摄像机，对着孟幻琪做了一个手势，示意开始。

“王总您好，根据猎头行业专业操作流程，对牧青原公司尽到猎头顾问的职责，我们有义务在寻猎开始之前对此任务做深入、科学的分析和评估。我们首先从牧青原公司的产品定位开始，对消费者而言，产品的性能、品质和价格等重要因素决定其是否购买，日常消费品和奢侈品的性能、品质、价格、营销方式和销售渠道都不一样。前者要上规模，后者要上档次……”孟幻琪一边讲述着，一边用翻页笔操控投影仪切换画面配合自己“解图”。

“由此可见，牧青原公司现在的发展瓶颈并不是缺少了一位总经理，而是在经营模式上存在设计瑕疵。不仅如此，牧青原现在还有一个更大的危机，碧花谷集团未来三年的发展目标已经包含了牧青原现在和未来的市场领域。碧花谷集团起步就要比牧青原早了三年零五个月，最初的基础条件和产品类型与牧青原基本相同。但在经营策略上与牧青原有所不同。将野猪等高品质养殖品种的饲养比例，设定在25%，以确保经历两年左右达到2万头的规模。而另外75%养殖的是高产的普通品种，但采用的是绿色有机饲料饲养以及和野猪一样的饲养条件和饲养技术，价格仅比普通猪肉高出15%。碧花谷集团通过自己的专营店和超市专柜将其绿色有机猪肉和绿色野猪肉一起展示并销售。之所以这样做，有以下几个原因：一、通过绿色有机猪肉的亲民价格，使其很容易被消费者接受，提高市场占比；二、通过比普通猪肉更优良的肉质，迅速得到消费者的认可，确立品牌形象；三、可以使资金快速回流，既能完成持续性的生产，又能为绿色野猪的饲养提供必要的资金和市场培育周期；四、为绿色野猪肉产品的推广担当开路先锋的角色；五、迅速开拓市场进行品牌推广；六、产品的多元化，不但能适应不同的市场需求，也能提升对市场风险的应对能力。目前碧花谷集团野猪饲养率已经提升到了57%……”孟幻琪是那种越有压力就越能出色完成任务的人，越讲状态越好，越来越有信心。时加宪看着孟幻琪的表现，原本冰冷的脸上也不由带上了一抹笑意。

“我所说的这些没有想改变王总经营思路之意，因为您也不会改变，所以不会有哪个职业经理人愿意参与这样一种模式的运作。我只是给您一个预测，当碧花谷集团对这个区域开始运作的时候，我们能做的就是帮助您和碧花谷集团，协商他们收购牧青原公司养殖基地的相关事宜。这单猎头由于无法操作，我们只能解除合作了。我深表遗憾和抱歉，我的阐述到此结束。”

孟幻琪结束了好长一段的“解图”，额头上都是细小的汗珠。不要小看站在镜头前做长段演讲的人，他们不但要承受很大的压力，而且演讲本身也非常消耗脑力。孟幻琪现在口干舌燥，恨不得喝下去一大桶水，但她还是笑容甜美地站在摄像头前。这是时加宪定下的规矩，只要是在镜头前，就一定要表现出良好的职业素养。

时加宪转过了摄像机，让镜头面对着自己。吴常把投影上 PPT 的画面切换成了王总那副精明强干的脸孔。

“王总您好。刚才我的同事所阐述的，就是我们这些天的调查和分析所得出的结论，也是我们无法跟贵公司合作的原因。”时加宪的声音平静非常，可是孟幻琪却惊讶到了极点，她居然在自己不知情的情况下完成了对王总的“解图”。

“没想到原来是这样。说实话，不管结果怎么样，你们都超出了我的意料。不过现在既然已经这样了，那好吧，我们终止合作，再见。”王总的声音从音响中传出。听得出来，虽然他话说得大气，语气里还是有几分着急，只是面对众人不好发作而已。听到这样细致入微的分析，他无力反驳，但亲手创建起来的企业却面对如此大的危机，无论是谁都会焦虑。

王总的影像从投影上消失，众人也都松了口气，只有孟幻琪还是一脸呆滞。

时加宪看着她淡淡地问了一句："如果提前告诉了你，你还会有刚才那样的表现吗？"

"我……"孟幻琪还没有完全缓过神来，她实在有些后怕。刚才的表现总体来说还算满意，但要是提前知道真相，也许能更专注。当然，也有可能紧张得说不出话来。孟幻琪有些迷茫。

吴常在一旁为孟幻琪叫好，王晓红也拍手赞叹。这是孟幻琪第一次真正意义上参与到猎头任务中，无论自己是否满意，都是一种巨大的成功。辛苦努力之后终得收获的幸福感和挑战自我的成就感，渐渐抓住了孟幻琪的心。

"走吧，接下来还有其他工作呢。"时加宪起身向外走。

孟幻琪缓过神来，问道："还要做什么？这单不是解约了吗？"

"边吃边等。"时加宪已走出了会议室，留下几个人面面相觑。

"等什么？"孟幻琪又迷茫了。

三个人跟着时加宪走到公司门外，才意识到他要去的是早餐店。为了准备今早的"汇报"，他们都没吃早饭。

王晓红坐下便问："老大，您刚才说要等，等什么啊？"

"这几个小时，王总一定在查询碧花谷集团的资料。王总坚持自己的思路，是因为他之前是成功的。他没经历过失败，所以唯一能让他改变的，就是和他类似但又比他更成功，而且会对他造成威胁的对手。"时加宪看着他们。

“可这些工作都不是在几小时内就能完成的啊。”吴常皱着眉头。

“第一，我们不是他们找的唯一猎手，就算是他坚持自己的经营模式，每次寻猎失败，他都会不自觉地去思考失败的原因，这是做老板的行为定式；第二，他不会自己做所有工作，他可以调动公司所有部门去做，别忘了——他是老板；第三，孟幻琪在报告里点了他的死穴——牧青原被收购，没有哪个企业家愿意接受这样的结果；第四，他比任何人都明白，这个竞争激烈的市场能留给他转型的时间并不多。”

听了时加宪的解释，三人通晓了其中的关窍，只是孟幻琪还不明白为什么王老板一定会回头跟他们合作，于是向时加宪请教。

时加宪咽下嘴里的食物，充满信心地说：“我们是唯一拒绝并提供拒绝原因和解决方案的猎头公司，也是他最后的救命稻草。当然了，我们也不愿意失去这笔收入。”

孟幻琪听到时加宪的话，嘴角一撇，嘀咕道：“太毒辣了！”声音虽小，但在这方寸之间，几个人都听到了。

“呃……我是说，这见解太独到了，佩服！”孟幻琪见大家目光聚拢而来，吓出了一头冷汗。保险起见，她马上又抛出了一个新问题来转移他们的注意力：“那当面直接说不行吗？干吗还要远程视频？”

时加宪笑了笑：“那你试着回答几个问题。一、如果你当着王总的面，是否一定能有像刚才那样水准的表现？二、一个老板，被人当面否认和拒绝，即便是心胸再宽广，面子上能不能受得了？三、如果在当场，即使被否认和拒绝，他也不能马上让我们走，那样就相当于在赶我们，这是无礼的行为；同样我们也不可能马上就走，这样迅速地主动离开就等于表现出对他的不屑，此事再无回旋的余地，这单生意就此彻底终止。我们双方都会非常尴尬。另一方面，有我们在场他也不可能立刻启动对碧花谷的信息收集和分析。这种有极大风险又非常耽误时间的做法，你会选择吗？”

孟幻琪思索着时加宪所说的一切，暗自心惊。他把事情发展的每一步都计算到了，这实在有些恐怖，孟氏很有可能就是在他这样的算计下才突发危难。可恨！

孟幻琪正郁闷，手机突然响起。是王总。

时加宪又一次预测正确。

得知王总的想法，时加宪并没有显出兴奋，而是面色凝重地说道：“一名优秀的猎手，不能一味地迎合雇主的用人喜好和不专业甚至错误的用人要求和标准，而单纯地将高端的人力资源服务变成简单的人才中介。企业家也是人，他们也会有失误、犯错误，而由于他们位高权重，在企业内部极少有人敢对他们讲真话、说实话，特别是在企业战略发展、经营模式转型等这么重大的话题上，让自己的老板放弃原来成功的经验，而要冒很大的风险进行脱胎换骨的经营、管理变革，谁敢保证一定会成功？谁又会愿意冒着这么大的风险对别人的企业如此负责？王总虽然有引进能人的意识，但他却看不清真正的形势。如果每个企业家或高管都能面面俱到，也就不会有那么多企业面临危机或倒闭了。所以为什么说一名出色的猎手一定是一名优秀的高级职业经理人？我们有资源替企业看得清、望得远；有条件对企业的失误或错误说‘不’；有责任告诉企业的负责人如何走出困境；也有方法真正让企业得到专业的帮助。猎头三种修为，‘寻猎’——猎人，为牧青原寻猎到一名优秀的高管不难，难的是‘止猎’——猎心，换人不如换思想，让王总看清形势，调整到正确的经营思路上，才是解决问题的根本。最难的是‘反猎’——猎魂。以后有机会再给你们讲吧。”时加宪喝完豆浆，结束了今天的早餐，然后说道：“猎物已经选好了！其中一人就是碧花谷集团的运营副总。其余的事情交给其他猎手去做。”

吴常和王晓红很吃惊，但也没说什么。可孟幻琪立马就变了脸：“为什么！这可是我签的单子，凭什么让别人去做？”

“为什么？你一周签三单！如果后面的两个案子再不动，我们就真的要违约了！”

第十五章　猎影随踪

孟幻琪对于任何新事物，总会抱着接纳的眼光去看待。不过，今天她也被眼前的景象惊呆了。

时加宪发生了巨大的改变。或许这么形容不是十分准确，因为客观来说他只是对自身细节进行了微小的调整，新修剪了头发，正装西服换成了休闲款式，但他居然摘掉了墨镜！整个人的气质发生了天翻地覆的变化。

孟幻琪仔细回忆了一下，认识时加宪这么久，他似乎只摘掉过一次墨镜，还是在学校礼堂里给同学们做就业演讲的时候。回想起来，那已经是很久以前的事情了。此时，他又一次摘掉了墨镜，那双眼睛再一次出现在自己面前，居然跟之前的记忆有些对不上。他不再掩饰脸上的太田痣，大大方方地任它躺在那里。他的眼神清亮又充满活力，配合上清爽的发型和休闲西装，显得很有朝气。孟幻琪突然发现自己有些不认识他了，或者说原本就没了解过这个人。

事出反常必有妖，实在太反常了。

时加宪的准备都是为了孟幻琪签的第二个客户——探风公司。这是一年前新成立的一家市场调研公司，目前执行几家银行服务标准的考核暗访业务。由于业务量达不到预期，所以探风公司欲通过猎头为其寻猎一名具备较强执行管理、业务拓展能力的高管。之前与一家猎头公司合作，有三人先后通过最终面试而进入试用期，但都没有做满一个月，全因无法胜任而被劝离。

此时的探风公司陶副总办公室内，陶副总正在和姜副总密切地交谈着。

“我的感觉一定不会错，这件事不会像表面上这么简单。现在公司……”陶副总正兴致勃勃地说着，突然传来了不合时宜的敲门声。二人神色慌张，姜副总正襟危坐，陶副总赶紧从沙发上起身，坐回办公桌后的椅子上，这才说了一声“请进”。

门开了，一道苗条的身影走了进来，原来是一个美丽的姑娘。她看起来20多岁，穿着一身剪裁得体的职业装，妆容清淡，大大的眼睛，长长的睫毛，实在是可爱，只是笑容有点僵硬，故意摆出的“丁”字步看起来也非常生疏。陶副总和姜副总舒了口气，交换了一个眼神。想起刚刚的窘迫，都笑了出来。

孟幻琪有些纳闷，但还是按照时加宪教她的，主动对陶副总说道：“您好，您就是陶总吧？”

陶副总听到自己被点了名，于是点点头：“对，我就是。你是哪个部门的？找我有什么事？”

孟幻琪微笑着：“我是新来的实习生，叫孟幻琪，今天是来找您报到的。不知道陈总有没有跟您说。”

孟幻琪口中的陈总就是探风公司的老板，前几天，孟幻琪为其送交并解释了此次行动的方案。孟幻琪将以实习生的身份进入探风公司，王晓红与陶副总对接猎聘事宜。

孟幻琪自报家门后，陶副总才想起此事。陈总今天外出开会，委托她来安排实习生。公司老总直接交代副总来接待实习生，可见他们的关系非同一般。于是她沉吟一下，对孟幻琪说："陈总和我说了。不过我分管的几个部门暂时还没有实习岗位，这个情况我也和陈总商议了。你就先在行政部帮忙做一些简单的事，看情况我再帮你安排。你觉得行吗？"

陶副总温柔的笑让人感到如沐春风，备受关怀。

孟幻琪干脆地点头："行！陶总，只要能在您这儿学到东西，我做什么都行。"

陶副总听了孟幻琪的话，夸了她几句，刚想把她打发走，门又被敲响了。

这回的来客是王晓红。她像是不认识孟幻琪似的，看都没看她一眼，直接跟陶副总打着招呼："您好，陶总。姜总也在啊！我可真是打扰了。"

她身后跟进来一位陌生的青年男人。若不是脸上那块灰蓝色斑片，这应该是一个丰神俊朗的青年。

陶副总有些诧异，但依旧举止得体，温文尔雅。她笑着对孟幻琪说："小孟，你先到外面等我一下。"孟幻琪答应了一声，一边往门外走，一边礼仪性地跟姜副总和王晓红道别。当和时加宪目光相交时两人都眨了眨眼睛。

王晓红为双方做了介绍。姜副总刚想起身，陶副总马上伸手，隔空按着姜副总："姜总你就坐着。"又转头对王晓红说："咱们抓紧时间吧，我们的工作量很大，忙。"

时加宪以往的任何一位客户，在实力上都要远超眼前两位所谓的"总"，可现在不知出于什么原因，他看起来居然略有拘谨。陶副总见状倒是显得热情起来，招呼着时加宪赶紧坐下。王晓红向陶副总询问道："时先生的简历已经发给您了。您看了吧？"

陶副总笑呵呵地说："看了看了，写得很详细，不过我还是有几个问题想问一下时先生。"

"陶总请讲。"时加宪点头。

陶副总这时已经找到了王晓红之前发过来的简历，翻了两遍才问道："你之前在深圳做过'神秘人'，但好像中间有几年不做了，是吧？"

"神秘人"是探风这类市场调研公司对"暗访员"的另一种称呼，他们携带隐形的摄像设备，对其雇主的各分支机构标准服务的执行情况进行取证、打分和系统录入等工作。

"对。在深圳做的，当时也算是新事物，做了两年，后来母亲住院不得不回来。"这份资料就是时加宪亲手做的，对方能问的问题他自然也做了充分的准备。

陶副总听了点点头，非常随意地问了一句："你好像没做过银行业啊？"

"是。我当时做的是通讯、教育和医药，都是暗访，工作方法都一样，只是标准和细则不同。”

“说得有道理，但所谓同行不同业啊！暗访的关键就在于标准和细则。银行业暗访的标准和细则要想执行到位是相当复杂的。”陶副总抓住这个问题。

时加宪装模作样地思索了一下，这才继续说道：“我当时做的是总体管理和营销，现在是来应聘营销经理的，执行方面有姜总，您说对吧？陶总。”

陶副总一挑眉毛：“那倒是，但要想谈好业务，你必须知道执行的标准和细则，要不然你和客户谈什么呢？人家看重的就是执行的经验和效果。”

时加宪听了陶副总的话不禁笑了笑。这笑容有些无奈。只要说到他有优势的方面，这位陶副总马上就会切换到下一个话题。但时加宪并不心虚。

“我完全同意，所以我之前向猎头公司提出要求，需要20天的时间来熟悉银行业的执行标准和细则。而且20天内我肯定会签一笔新单。当然，这还需要您二位的支持！”时加宪语气坚定地立下了军令状。

陶副总听到这话眼前一亮，但她还想再加上一把火，于是说道：“年轻人不要这么急着下决定嘛！跳槽对未来影响很大。对你的能力我并不怀疑，但我们公司成立的时间还很短，你能不能和我们这个企业兼容，这一点很关键。这不但是对我们公司负责，也是站在你的角度为你考虑，对你负责。毕竟你没有银行业从业经验，我不得不考虑得多一些啊！”

时加宪好像完全没听出陶副总话里面的意思：“非常感谢陶总。我不是心急，而是有把握。如果 20 天之内不能兑现我刚才的承诺，我会自动离开，分文不要。这也是让您对公司和陈总好交代。如果您还觉得为难，那我去征求一下陈总的意见。”

听到时加宪这么说，陶副总连忙摆手：“陈总外出开会了。你既然这么自信，我就给你这个机会。但如果你没能兑现承诺，猎头公司还要推荐其他人选，20 天的时间会给他们的工作造成不便。不过嘛，这个机会一定要给你，你看 15 天怎么样？这也是一个各方面都能照顾到的方案了。”

时加宪表现出了一个年轻人通常的状态——骄傲也鲁莽，当下点头道：“好。从明天开始是第一天。我这就回去准备。”说完，就在王晓红的陪同下离开了陶副总的办公室。

时加宪去办入职手续后，王晓红先与在公司外等着的吴常会合，告诉他，这次见面感觉很不对劲，但就是说不出到底哪里有问题。此时，时加宪也走出了大楼。

第二天一大早，时加宪就来到姜副总办公室，开门见山地说：“您好姜总，您看什么时候把标准和细则给我，我好组织材料去谈客户。”姜副总正在电脑前忙活，见他进来，就寒暄两句，然后把他支到陶副总那里去了。

陶副总话说得柔和，但还是拒绝了时加宪：“你看啊小时，我们客户的暗访标准和细则都是客户的商业秘密，如果你拿去给其他银行看，不太合适。我想我们的客户也不会同意的，对吧？”

时加宪连忙解释道：“您误会了陶总，我要材料不是直接给客户，是先了解、提取银行业通用的标准再加上客户的个性化需求重新设计，不会涉及商业秘密。”

陶副总面露难色：“这个……你看，你要是有过银行业从业经验可能就不会出现这样的情况了。这样吧，我和客户确定好之后再给你答复，这也是为你好。”

没有相关资料，这业务该怎么谈？一时间，时加宪像霜打了的茄子一样：“那好吧，我先去和咱们的暗访员熟悉一下？”

“也好。去吧去吧。”陶副总也像姜副总一样，又把头埋进了电脑屏幕。

时加宪只得退出来，转战综合办公区，正要跟暗访员聊几句，就看见陶副总急火火地跑来：“各位同事，一个通知！我们的客户刚刚下来一批紧急任务，一共 984 个网点，连拍摄再打分、录入要在 20 天内完成，时间紧、任务重，请大家辛苦辛苦！好了，现在由姜总与大家商量设计路线，大家做好出发的准备吧！”

时加宪的眉头立刻皱了起来。他走过去问：“陶总，任务不都是按月度或季度计划好的吗？怎么还会有紧急任务？”

陶副总和姜副总神情一滞，对视了一眼。姜副总没说话，对时加宪点个头就算打过了招呼，抬脚走进办公区去了。陶副总阴沉着脸看了时加宪片刻，表情突然多云转晴，笑着说：“银行嘛，你不懂。”

时加宪没有坚持，他对陶副总点点头，转身走了。陶副总看着时加宪的背影，嘴角浮出一丝冷笑。

陶副总一回到办公室，就看到孟幻琪早早地等在门外。经过昨天下午和今天早上的交谈和相处，她已经熟悉并喜欢上了这个聪明伶俐、手脚勤快的姑娘。

孟幻琪彬彬有礼："陶总，我想跟您请教个事，不知您有没有时间？"

"当然有。"陶副总把孟幻琪带进屋里，如果时加宪再来找她，她就可以拿孟幻琪当挡箭牌，借故推托。她不知道，这是时加宪在为孟幻琪创造条件。

陶副总解答了孟幻琪的几个问题，又给孟幻琪讲了自己以前的一些故事。从最开始的咨询公司副总到后来的保险代理公司的副总，洋洋洒洒说了大半天。时加宪时不时"不知趣"地出现，使她更积极地和孟幻琪"谈工作"。而孟幻琪也在他出现的时候，借机提出几个能诱导出更多信息的问题，这让陶副总无意间向孟幻琪透露了很多有价值的信息。

"陈总能同意你来实习，也就证明你有别人没有的能力，你认真工作，好好锻炼。企业肯定想让员工得到成长，从而为企业作更大的贡献。有问题多请教，我们的一些技能和经验，总是愿意传授给你们的……"

孟幻琪眼中闪烁着光芒，表情流露出感激："谢谢陶总！您一定培养了一大批优秀的员工吧！"

"一大批不敢说，但的确有一些，"她欣慰地笑着，"你让我想起来一个孩子，那时我还在咨询公司，她当年也像你现在这么大，刚刚毕业。好像叫……刘蕊，刚到公司时连传真都不会用，我手把手一样样地教她，后来她自己单独创业啦！还有保险代理公司的那个姑娘，后来都当上培训部经理了！完全独当一面！……”

陶副总沉浸在回忆中，完全没发现孟幻琪的眼睛里闪烁着别样的光芒。

第十六章　庐山真容

陶副总大概做梦也想不到，说者无意、听者有心。

据说，顶级私家侦探有一项本领，可以通过生活垃圾还原出一家人的生活状态。这种事说来神奇，其实只不过是从垃圾中提炼出有用的信息，再根据这些信息推理出事情的原貌而已。

时加宪不是私家侦探，不会去检查别人的垃圾，但他会通过一些蛛丝马迹还原出一个人大概的人生经历。

按照时加宪的安排，吴常和王晓红开始寻访与陶副总相关的人。而第一个出现在名单上的就是陶副总所谓的得意门生——刘蕊。

吴常和王晓红在一家位置较偏的茶馆，订了一个包间。这个时段，这家茶馆人迹寥寥。一位着装得体、气质绝佳的女士走了过来。吴常和王晓红向她问好，并把她让进座位。

吴常非常礼貌地说明来意，并与王晓红一起拿出自己在德才胜华的工作证，递给刘蕊："刘小姐，您看一下，这是我们的工作证。"刘蕊接过来仔细看了看，又上下打量二人，这才把工作证递回去。"我本不想来，但你们在电话里说得很诚恳，考虑得也很周到，没直接去我的公司，而是征求了我的意见在这里会面。更重要的是，我很好奇你们的职业。所以我同意先对你们进行了解，并没有答应你们配合调查。”

王晓红接过工作证放回包里，对刘蕊说道：“我们非常理解，也万分感谢。您也不用担心。就像之前我们沟通的，我们是在为一名候选人做背景调查。我们调查的人您很熟悉，是之前跟您一起在咨询公司共事的陶女士。我们想请您客观地对她进行描述，最好能详细些。您放心，我们会严格保密。”

“这个我没有办法帮你们，你们还是问其他人吧。但其实，我劝你们也别费那个力气了，现在谁也不愿意得罪人。”刘蕊很直爽。

吴常解释道：“我们理解。但我相信当您听完我们的《背调规约》后，您的顾虑会打消的。”

他打开手中的文件：“本次背景调查报告，是相关人员走访、约谈、客观还原之汇总；不得将信息提供者的叙述内容公开，并且信息提供者不产生对当次约谈以外的任何效力，也就是说您只是口述，不用负任何责任，我们谈完后，您随时可以否认；不得在背调报告中体现信息提供者的真实姓名及任何联系方式；背调人员不得将调查内容向被调查人或其他不能透露调查内容的人员提供；在约谈中参与人带有录音、录像功能的所有设备必须全部关闭；为了使背调结果客观、真实，背调人员不能以金钱等为条件从信息提供者处获得信息，但要在背调完成一个月后，为信息提供者给予免费的职业生涯规划、职业性格测评、所需社会资源支持等服务。”

吴常认真严肃，吐字清晰，气息平稳。王晓红听着，嘴角不自觉地微微上挑。吴常就是这样，平日里嘻嘻哈哈、没个正形，但那只是他的生活态度。有人天生就喜欢做能给人带去快乐的乐天派，偶尔客串个丑角也无所谓。但只要涉及工作，他马上就会变成另一个人，这是他的职业素养。孟幻琪总觉得吴常傻，但说不定，他才是活得最明白的那一个。

吴常读完了《背调规约》，又拿出一份保证书递给刘蕊。刘蕊一脸疑惑地阅读起来。她只是好奇：只是聊聊其他人的过往，居然还有这么多程序。

“刘小姐，这是我们的保证书，上面除了我刚才所说的内容外，还有更为详细的保密规定、我们公司的名称、我们部门的名称，还有这次谈话的对象、内容、时间、地点等，如果您核对无误，我们现在当场签字，然后您保存好，如果我们有任何违反约规之行为，给您带来了不便，您可以随时拿着这份保证书来找我们索赔，或向法院起诉。”

刘蕊听了吴常的话，脸上不好意思地泛了红。其实人就是这样，都有一个互相了解和理解的过程，你把礼数做得周全，把所有一切都替对方想到了，那对方也就不好再对你横眉冷目。

但依照时加宪的要求，这还不够。接着吴常和王晓红当着刘蕊的面把手机拿出来关机，又把电池卸下。这一系列举动看得刘蕊莫名其妙。

吴常看出了刘蕊的疑惑，于是边拆边解释说：“这是我们唯一能用的录音设备。”吴常的话刚刚说完，王晓红就配合地拿出一个仪器打开开关，绿色指示灯亮起。王晓红在刘蕊身上扫了一下，仪器发出了尖锐的警报声，红灯也不停地闪了起来。王晓红又把仪器指向自己刚刚卸了电池的手机，仪器安静如常，没有发出任何声响。

吴常又解释道："这是电子仪器检测仪，只要有电子设备处于开启状态，检测仪就能发现并报警。刘小姐您随身带着手机是吧？"吴常把检测仪交到刘蕊手上，示意她检查一下自己和王晓红。

刘蕊握着检测仪，停滞片刻，又把仪器交回了吴常手里："看来你们真的很专业。那好吧，我就给你们说说她的事。至于能不能帮到你们，我不知道。"

吴常和王晓红连忙表示："即使没能帮上忙也没关系，能够支持工作就已经感激不尽了。"

刘蕊静静地想了一会儿，这才开口讲起了当年的事。

"我刚毕业没多久就通过招聘会被陶总录用了，在那家咨询公司做她的助理。名义上好听，其实一开始就是为他们三位老总——周总、董总和陶总打杂。起初觉得要学的东西很多，所以日子过得也很充实。那时陶总给人的感觉很好，很有亲和力，经常给我们这些刚工作的年轻人讲一些很有道理的话，无论遇到什么事，她都会像个大姐姐一样帮我们分析。"

刘蕊陷入回忆中，吴常和王晓红也在刘蕊描述中勾勒着陶副总的形象。

"后来渐渐熟悉了，她的脾气也开始变大了！想要教训谁根本就不会给他留一丁点面子，有时候甚至能把人训哭。每当有人接受不了她的批评时，她也只是轻描淡写地说，这是为我们好。可这种好，我们宁可不要。当然了，这仅仅是我个人的观点，不一定能代表别人。”

刘蕊表露出压在心底多年来的委屈，虽然那已是很久以前的过往，但还是会将人带回到某种情境之中。

“她是个很会说话的人，哄我们的时候总能说得入情入理，可能是我当时太小，也没有社会经验，总是搞不清楚她到底是怎样一个人。不过不管怎么样，我得承认她确实很有能力，她对自己的能力也相当自信，常表露出对其他两位老总能力的不认可，特别是对董总。或者说……我也不知道怎么恰当地形容，你们应该能明白。经常听陶总说董总能力有问题，当时听起来不像是在说董总的坏话，我们觉得也很有道理。所以稀里糊涂地就认同了陶总的观点，以至于到后来，不知不觉地，我们对董总也有意见了。”

此刻刘蕊的描述，让吴常和王晓红感觉陶副总的面孔实在丰富，这确实超出了他们的预想，但接下来的信息，让他们更加意外。

“最后，我辞职了。因为有一天陶总对我说：‘一个企业能发展到什么程度取决于这个企业的最高层。你看，董总是股东之一，她的思维和能力直接影响到公司的发展，说实话，在公司里，我该教你的也都教了，你在这儿也没有更高的发展空间了，也许外面的世界更能给你发挥和提升的空间，你也应该飞得更高些。我这也是从对你负责任的角度为你分析的。’当时听她说得丝丝入扣，非常恳切，我真的有些感动。一个领导，始终为下属考虑，这是很难得的！呵呵，那时候我还真是天真，就这么决定辞职了，还觉得自己很幸运，能够有人给出及时的指点……然后，她对我说：‘你既然都已经这样决定了，不如和周总说明你离开的真正原因，这样也是实实在在地帮助公司寻找问题、解决问题。周总是个很明事理的人，你很坦诚地帮助公司，我想他会很感激你，也许在你未来的职业发展中还会对你有所帮助。’”

刘蕊说到这里，深深地叹了口气，轻轻地摇了摇头，脸上现出一丝苦笑。

“我当年太年轻，就真的这样做了。回头想想，真是太傻了。你们问我现在对她的看法，我觉得她有点虚伪。说白了，她并不是想帮我们，而是想表现她自己。我不否认她很有能力，但她的表现欲和控制欲太强了。她喜欢让所有人服从她，即使是她的老板她也想控制，并且，她居然还能做到。其实我也感谢她，是她让我知道了人心险恶。我这样说好像有个人情绪，但你们要的是实话，我说的也是实话，这些陈年旧事，要是你们不提，我还真不会去想。我能说的也就只有这么多了。”

王晓红点了点头，说道：“刘小姐，再一次感谢您对我们工作的支持，您的心情我们也非常能够理解。同时，我们对您的话没有任何怀疑。不过，我们还有个不情之请，不知道您方不方便。”

刘蕊对他们笑笑：“说说看。”

“我们还想跟其他和陶女士共事过的人聊聊，您能提供他们的联系方式么？如果可能的话，您可不可以帮我们跟对方商量一下？”王晓红非常诚恳地询问。

这次刘蕊答复得竟异常爽快：“没问题，但我有条件。”

吴常和王晓红多少有些好奇，认真地听着刘蕊提出的条件。

“你们的《背调规约》中已经明确规定，我帮了你们，你们可以向我提供你们的服务或资源。对吧？”

吴常和王晓红点点头。

“好。第一，我想请你们对我们公司的一位员工进行背调，费用该怎么收就怎么收，但我要的是你们专业的操作；第二，如果背调的这位员工真的有问题，我需要贵公司提出让他主动离职的方法；第三，你们接触的都是企业高层，这也是我们业务范围的人群，我希望在不影响我们彼此正常业务和不损害客户利益的基础上，能进行一定的资源互换或共享。当然这件事你们决定不了，二位只需要做到能让我与你们的领导会面商讨即可。”

刘蕊干脆利落地说完了自己的要求，便等着吴常和王晓红的答复。吴常和王晓红对视了一眼。他俩没想到，刘蕊对于免费的服务不感兴趣，而是送给他们一单背调业务。她决定果断、做事老练，让他们不禁感慨，这位曾经在陶副总手下受了太多委屈的姑娘，竟然成长得如此精明干练。鉴于刘蕊提出的要求并没有超出二人的权限，吴常和王晓红便一口答应了。

刘蕊这才当着吴常和王晓红的面，给当年的周总打了电话，说起此事。起初，电话那头的周总并不同意。这很容易理解，毕竟事不关己，无论是谁，都不愿意自己身上裹挟着麻烦。但是经过刘蕊的软磨硬泡，周总最终答应了，但只给吴常二人半个小时。

吴常和王晓红告别了刘蕊，直奔与周总约好的地方。

如今周总又重新开始了创业之路，与他的见面是在他的办公室里。

周总看起来似乎有些忙碌，只匆匆起身致意，都忘了让秘书泡茶。

既然有了之前刘蕊的介绍，也就少了很多不必要的麻烦。吴常常规性地拿出《背调规约》，不过周总看都没看，就随手放在了办公桌上。他一副雷厉风行的样子，还没等王晓红拿出检测仪，就开始了自己的讲述："要不是和刘蕊共事这么多年，她评价你们做事专业，今天我是不会见你们的。咱们长话短说。其实你们应该也知道，像我这样的人对别人的评价只能是正面的，不好说的我也只能说些中性的描述。你们要是想听，那我就说几句。但事先说好，意义不大。我觉得还是给你们一些对于如何用好陶总这个人的一些合理化建议。但我要事先声明，我对陶总本人没有任何正面或负面的评价，这只是从企业管理角度做出的一个专业人力资源管理方案。"

不得不说，周总不愧是咨询行业的专家，说话设计巧妙，以中立的角度，给出企业管理咨询意见，谁也说不出什么。预先准备充分，开口之前，便对后续可能的麻烦做了最大限度的规避。

"对于陶总有这么几点：第一点，在企业创立或项目设立的初期，她绝对是个不错的人选。从谈判、沟通到协调等各方面，全部没有问题。在那个时期，任何人都要证明自己，这也是她发挥能力的最好机会。第二点，如果在初期之后，你还想继续用她，就要有足够的识别和判断能力，多听其他方面的意见，最终要有自己的决定。如果你一时判断不了，不要着急做决定，先保持一种制衡的状态，给自己留下必要的思考时间。要不然真正的老板不会是你。第三点，如果你发现你的工作量因为陶总的工作汇报而多了起来，你首先要清醒过来。你是老板，陶总应该处理好她本职工作内的事务，以她的能力处理好事情之后，给你一个你想要的结果就行了。所以，如果给她当老板，要说难，那是真的很难；要说简单，就看你们的道行了。第四点，也是最重要的一点，要学会踩刹车，做好刹车前的准备，别怕刹车之后你会怎样，其实也不能怎样。如果你踩得恰当，车还能走，晚了你不踩，车也会停。”

周总寥寥四点意见，都在说作为陶副总的老板该如何用好人、如何做出正确的决定、如何解决困惑、如何规避风险。但吴常和王晓红也听出了更为丰富的信息。最后，周总还不忘做一番自我反省。

“公司的倒闭我这个董事长有不可推卸的责任，我不怪任何人。一个企业的管理精髓就是用人之道，我做了这么多年的管理咨询公司老总，也会在这个问题上犯致命的错误！说起这件事很惭愧，我就不多说了。”

其实从周总的办公室出来之后，王晓红和吴常就已经对陶副总有一个大概的判断了：这是一个有一定能力，但非常专横跋扈的人。当然，这也仅仅是听了两个人的讲述之后下的结论，还不全面。为了让证据更充分，两个人又直奔下一个目标。

董总目前在另一家公司任职，如果在办公室见面，很容易让人产生联想。于是他们约在了一个环境清雅的咖啡厅。

董总的年龄看上去跟陶副总差不多大，从面容上看，应该是一个性格随和的人。董总跟吴常和王晓红握了握手，就坐了下来。吴常连《背调规约》都没来得及读，董总就打断了他的话。

“小伙子不用读了，小刘和老周信得过你们，我也没什么信不过的。咱们都很忙，你们想问什么我也都知道了，那就别浪费时间了，现在开始吧。”董总和善地说。

“我与陶总一起共事过相当长一段时间，但要说真正了解她，那还是在分开之后。当初在一起共事的时候，很多事情反而不清晰。当然，这也的确是陶总处事有方，那些孩子们，也就是公司的那些基层员工，也不可能和我说这些，还是那句话——往往最后知道真相的，是当事人自己。不过，当初公司刚刚成立，陶总的确发挥了很大的作用，要不然我和周总也不可能那么信任她，并委以重任。后来，也许是我这个股东太不像股东了，或者是……也不知道该怎么说，凡事还是从自己身上多找找原因吧。”

吴常和王晓红发现，董总和周总有一个共同的特征，这也许是所有成功人士都具备的必然品质——承认并面对自己的错误，在自己身上寻找失败的原因，并在后续的行动中避免类似错误的再次发生。这个道理说起来容易，但真正能做到的人着实不多。

董总继续讲述着：“我觉得在每个企业中，像陶总这样的人一定会有，你不可能要求人十全十美！这个问题是每个负责人都避不开的。经营企业嘛，就是这么回事，有多大本事用多好的人。想要用有才华的人就要有本事驾驭他，不然就干脆找一个没多大本事但执行力强的，否则，你只能反过来被他驾驭。话说回来，连周总这样的人都驾驭不了陶总，你们嘛，我就更不好说了。陶总应该是萧何这一类的人。当然，有人就说得很准确——陶总是个可以短期用和偶尔用的人。当你认为她在为你着想的时候，你要及时反应出她对你说这些话的目的，还有她的利益是什么……”

当吴常和王晓红紧锣密鼓地进行着访谈工作时，孟幻琪也在马不停蹄地进行自己的任务。她把最近发生的事情全都告诉了张韬。

“通过之前牧青原的事，我现在觉得，他肯定又在打什么鬼主意！不过现在这样也好，我们能够挖出他更多阴险的手段，你的新闻也能更有料，更刺激。今天他们收获如何我不知道，但明天我会跟他们一起去做背调，到时候就什么都清楚了，你就等着查收邮件吧！”

第二天，吴常、王晓红和孟幻琪在公司的会议室里简单碰了个头，就一起出发去做背调了。这是孟幻琪第一次参加这种走访性质的背调，觉得有些刺激，一路上欢呼雀跃。

今天的背调对象是陶副总的另一个直系下属——她原来就职的保险代理公司的郝娜。

此次背调地点是在郝娜家里。直到吴常在郝娜家门口把《背调规约》都念完了，她才让这三人进门。

王晓红发现似乎当初和陶副总共事的人，没有一个是庸才。昨天见了周总和董总，他们都是说话爽快、办事毫不拖泥带水的人，今天见了郝娜居然也是这种感觉。

宾主落座后，郝娜把自己与陶副总的共事经历讲了出来。

“陶总这个人的能力还是比较强的，要不然公司也不会让她当副总。我和陶总之间并没有什么矛盾，我这个人性格比较直率，她做事比我更有谋略。陶总有培训能力，公司也给机会，这也是为我减轻工作压力，本来是好事……”

不清楚陶副总知不知道自己错过的是什么样的“财富”，这些人无论是作为生活中的朋友还是事业上的伙伴，都是极为难得的。他们虽然客观讲述了陶副总为人处世的瑕疵，但没有一个人否认过她的实际能力，更没有恶语相加。拥有这样品质的人，在人生中可遇而不可求。可偏偏都让陶副总遇上了，也偏偏都让她伤害了。

一个人未必会因为他的聪明过人和精于算计而得到更多，反而会因为将身边的人看作容易欺骗的对象和单纯利用的工具而失去所有。这个世界上聪明人太多，明白人却太少。

郝娜继续着她的讲述：“开始我和大家的关系都很不错，特别是和老总，现在我们还经常吃饭呢。后来那些内勤都躲着我，不和我说话了，老总也好像对我有看法，而且原来的那批内勤不知不觉地被换成了新人。要说公司人员流动也很正常，可她们走的时候都把矛头指向了我，说我什么都想管，经常妨碍她们工作……这是冤枉我啊！再后来老总找我谈话，说走的内勤都说我工作有问题，没走的不愿意谈及我……一气之下我就走了。我走以后王会计把真相告诉了我，后来大家都明白过来了……”

群众的眼睛是雪亮的，当一个人说你错的时候，你可以说自己没错；当两个人说你错了的时候，你还是可以梗着脖子，坚持自己没有错；但是当第三个人也说你错了的时候，就到你该停下来思考一下自己到底有没有错的时候了。

如果吴常和王晓红能够决定，那么现在就已经可以停止调查了，既然这么多人都把矛头指向陶副总，那么她一定有问题。不过下决定的人是时加宪，按照时加宪的规定，一定要挖掘每一条能够挖掘的线索，不到最后一刻，绝不能下结论。

郝娜帮助他们把王会计约到一家咖啡馆。他们一边喝着咖啡一边等人。这幅光景看起来悠闲，其实不然，包括孟幻琪在内，都在加紧分析研究访谈得来的资料。

一位老人家走进咖啡馆。吴常见她左右张望，于是按照郝娜给的手机号拨打了出去。果然，老人家拿出手机，吴常赶紧跑过去。

“王阿姨，您好！”吴常一边说一边带着老人家往里面走。到了近前，王晓红和孟幻琪热情地打着招呼，老人家笑眯眯地答应了一声就坐了下来。王会计满头银发，看起来不但不老迈，而且有种莫名的英姿飒爽。

“上午小郝刚跟我说的时候，我还以为你们是公安局的，后来才明白。我这么大年纪了，就想到哪儿说到哪儿。其实我跟小陶这个人啊，也算是认识好多年了，毕竟很早就在一家公司里。当初我还挺敬佩她的，可后来，谁能想到是这样啊。公司都快垮了才全明白。不过我们老总没准现在还被蒙在鼓里呢！我们这些人也不敢跟她说，谁知道陶总和她是什么关系啊？贺总什么事都听陶总的！陶总这个人，事儿办好了全是她一个人的功劳，办坏了就都是别人的不是，就算有时候她主动承认错误，也是避重就轻，最后还是绕到她的理儿上。现在公司黄了，她也走了，在外面还总说是因为老总当初不听她的建议才出了问题，如果能让她来做主，那公司早就好了……”

聪明人会信守两种品质——善良和担当；自作聪明的人会沉迷于两种特征——摆布周遭和无视道义。千百年流传的为人处世的哲理，何人不知，何人不晓，但有人选择了遵道而行，有人选择了背道而驰。当你选择了开始，结果自然也就选择了你。

王会计继续着她的故事：“说到小郝，她原来干得挺好，但陶总来了以后就是看不上小郝。再后来我发现她总离间那些小孩儿，让他们也跟着她瞧不上小郝。那些小孩儿知道什么呀，全都被她带着对小郝有意见了。把小郝挤对走了，她就又说小郝没有职业道德，没有交接就走，把烂摊子扔下了。她很少自己出面，都是让这些小孩儿帮她出头，她正好对别人说，‘这都是大家的反映，不是我一个人的意见’。这些事我见得多了！说了也不一定有人信，还给自己找麻烦，就一直当没看见。小郝性子直，没有坏心眼，我挺喜欢她，她走以后我就把事情的前前后后都告诉了她。”

三个人原以为这只是一次重复性信息的收集，但事实证明，时加宪坚持的“挖尽最后一丝线索”的背调原则是正确的。

“对了，还有呐！你们知道公司是怎么黄的吗？真是不可思议！那时候公司正走上坡，业绩好得不得了。陶总在开会的时候说公司业务发展太快，要设一个经营副总，公司也觉得有道理就同意了。当时有两个团队是主力，一个是孙峰团队，一个是曲东团队，他俩突然都要当这个经营副总。两个业务主力，哪个也不能得罪啊！再说他们当副总去了，那团队谁带啊？业绩不就受影响了吗？据说陶总的意见是这两个人用谁都不可行，一是任何一个人做了副总，另一个人的团队业绩一定会下降；二是用谁都会分心，影响工作。她推荐了一个人，姓姜，这个人能力也很强。后来才知道这个人是她表弟！就这样让她亲戚当这个经营副总了，她一步步的多会设计啊！”

三人恍然大悟，原来那位一直对陶副总唯命是从的姜副总，竟然与她是近亲！而王会计后面讲述的内容，再次让他们大跌眼镜。

“姜总来了，孙峰和曲东不干了！后来这事闹得越来越大，两个团队业绩一降到底，他们对老总不满，最后都跑到竞争对手那里去了，公司就这样黄了。再后来才知道，曲东和孙峰原来也没想竞争这个经营副总，因为公司早就有规定，团队长作为外勤是不能做内勤岗的。全是陶总背后挑唆的！陶总和曲东说老总想让孙峰当这个副总，因为孙是老总亲自带出来的；又对孙峰说老总想让曲东做这个副总，因为他的业绩最好，上升得也最快。他俩是做业务的，哪能想清楚这里面的弯弯绕绕！让他俩争，就为了给她家表弟打开一个空子，太有手段了！”

老太太掷地有声，滔滔不绝，孟幻琪惊得一身冷汗。

“天啊！居然这么狠毒！”她不自觉地感叹了一句。

吴常清清嗓子，问道：“王阿姨，您有孙峰和曲东的电话吗？”

第十七章　照单全收

孟幻琪现在很心安。她站在德才胜华楼下，看着人来人往，闻着微风中树叶的清香，恬淡的舒适感从心底漫出。“已经来这里很久了吧。”孟幻琪沉浸在回忆和感慨中。她已经适应了现在这种忙忙碌碌的生活。这样的日子，似乎有了更多意义。

路上汽车的鸣笛声惊醒了她。她被自己的想法吓了一跳。到这里来的目的是什么，她差点忘记了，这怎么可以。

可时加宪就像一团迷雾，看不清楚。无论什么样的难题，到他手里都能迎刃而解。孟幻琪清楚，自己此刻能够如此轻松，就是因为对时加宪充满了信心，不然早就因为接了“死单”而焦头烂额了。但也正因为这种信任和愉悦，让她对孟氏充满了愧疚。

孟幻琪越想越烦，看见地上有颗小石子，飞起一脚踢了上去，石子击中了一辆黑色轿车的轮胎，车上走下来的人正是今天她要迎接的客人——探风公司总经理陈总。

对陶副总和姜副总的背景调查已经结束，吴常和王晓红整理出了一份《背调报告》，今天向陈总汇报。陈总下车后对孟幻琪哈哈一笑：“小孟，下来接我啊？听说你是这里的销售冠军，怎么样，要不要考虑跳槽到我的公司？待遇从优。”

“陈总您开玩笑了，术业有专攻，我到您那里可做不了业务。”孟幻琪也笑着回答。经过这段时间的历练，现在的她也能做到谈吐自如、大方优雅了。两个人一边聊着，一边走进了德才胜华。

时加宪早已和吴常、王晓红在会议室里等候，他跟陈总握了握手，把《背调报告》递给陈总，又打开音响，音响中传出的正是他与陶副总的对话。

陈总一边听音频，一边翻着报告。音频播完，陈总的脸阴云密布。

时加宪说道：“陶和姜是表姐弟，据我们的调查，他们的关系非常亲近。他们都不具备开发市场的能力，所以，在以需求为导向、以市场领全局的环境下，引进任何一名推动性人才都会对他们的地位造成很大威胁，甚至会让他们变得不被需要。以他们目前的年纪和能力，有机会做企业的副总，拿到不菲的工资，相当于中了头彩。这一点他们完全能看清。这也是他们极力排挤其他候选人的原因。”

陈总又翻了一阵《背调报告》，眉头狠狠拧在一起，一言不发。

吴常、王晓红和孟幻琪不敢吭声，时加宪则坐在办公椅上冷静地看着陈总。过了一会儿，陈总平静下来，他叹了口气，说道：“我说当初她为什么极力推荐姜呢，原来是这样。谢谢你们，报告很专业。尾款今天下班前打到你们账户上，我先走了。”说完就要起身离开。

“请留步陈总，您是想回去辞退他们？”时加宪赶紧拦住了陈总。

陈总疑惑地看着时加宪：“有什么问题吗？”

时加宪清晰有力地解释了自己的想法：“不用说现在还处于任务执

行期，就算在平时，两个副总的离开，也会对公司造成负面影响，您准备好应对方案了吗？您支付的费用如果仅仅让我们做到这种程度，岂不是太浪费了！”

陈总有些惊讶地看着时加宪，示意他继续说下去。

“本次暗访任务完成前，请您只做两件事，一是在陶和姜面前表现出对猎头非常失望；二是在对我们为您推荐的候选人进行面试时，全过程都请您亲自介入，并且秘密进行，以免给公司造成不必要的损失。”

“不就是还要忍几天吗？”陈总的脸上出现了笑意，“我同意，没问题。”

时加宪对陈总的决定并不意外，继续说道：“在任务结束后，只辞退陶副总一人，暂时留下姜副总。”

“为什么？”

时加宪说话不急不缓，仿佛不单单是在给陈总讲解，也是在给孟幻琪等人上课。

“从他们进入探风到现在，已经完全掌握了探风工作的各项细节和客户信息，并且和员工形成了比较牢固的个人关系。如果两个人的利益都不存在了，以陶副总以往的行事风格，他们势必要进行破坏性报复。如果留下一个人，为了保障这个人的利益，他们不会拆自家人的台。两害相权取其轻，当然也是为贵公司平稳过渡创造时间和条件。”

孟幻琪在一旁听得有些糊涂，毕竟陶副总的能力还是要比姜副总强很多，留在公司还能起到些作用，而姜副总只是个米虫而已，为什么反而要养起来？

时加宪仿佛接收到了她的疑问，随即说道："因为陶副总强势，在候选人熟悉公司和交接的工作中更难控制，相对而言，姜比陶更容易掌控。"

陈总点点头，向时加宪投来赞赏的目光。

"陈总，我刚才说的其实您都能想到，只是当事者迷，而且您又在气头上，一时忽略了而已。"

陈总叹了口气，点点头。时加宪又补充了一句："任何企业都会出现这种事，也都会有这种人，您是做企业的，实在不必过于在意。"

两人相视而笑。

"具体事项我的同事会协助您完成。"时加宪一边说一边陪着陈总往外走。陈总则做出"留步"的手势："感谢的话先不说了，事成之后我做东，你们一个都不能少！我先走了！"

"时经理，我有几个问题想请教您。"孟幻琪把陈总送走，回来就找了时加宪。

此时的她说话平缓、表情凝重，目光中透露着探求答案的专注。她已经可以将对时加宪的仇恨和佩服以及由二者交织而成的矛盾与纠结暂时放下，平静而理性地向她不愿面对的人认真请教，借助对方的能力寻找问题背后的原因和解决问题的答案。

亲身参与探风公司的案子，让她深刻地感受到企业管理者在管理企业过程中面对的是什么样的境遇，即便是老板也要受到各种因素的制约。仅仅真正了解一两个人物，就需要复杂的背调程序和细致的操作，而这在企业要面对的问题中仅仅是冰山一角。这与她陪伴母亲，以旁观者的角度感受到的完全不同。

“什么问题？”时加宪问。

“您暗中给陶副总录音，这不违法吗？”

“猎头六大原则中，相当重要的一项就是‘合法原则’。我们在行动前，事先得到了陈总的同意并签订了《授权书》，录音取证范围仅限于陶副总的工作，绝不涉及个人隐私。也就是说，我们是在探风公司决策层的授权下，在其工作场所、工作时间，对其员工，按照严格的标准记录其工作状态。这其实与他们公司的业务是一样的。录音、视频取证，是背调任务的配套环节，是背调结论的一种证明。绝不能用作其他。我们还与探风公司事先签订了《保密协议》，其中明确规定：录音、视频待双方确定《背调报告》结论后，交由探风公司封存，不得泄露，德才胜华不得有任何保留。若发现探风公司存在泄露此秘密的可能性，德才胜华也有权要求在双方共同监督下，将该资料销毁。而且如果因某一方的过错，给背调对象造成了损害，过错方要承担相应的法律责任。猎头的操作很多情况下都是对与错、利与害、兴与衰甚至存与亡的一线之隔，稍有不慎就会造成严重的后果。这条线就是每一名合格猎手都要刻在骨子里的行业规矩和职业操守。”

孟幻琪得到了答案，可这个答案让她更困惑了：时加宪怎么会如此正直，他挖程东时难道忘记了他自己刚刚说的行业规矩和职业操守了吗？还是他对孟氏的伤害是一次“失误”而非“故意”？

此时几个人又重新坐在了会议桌周围。

“您接这个案子前，就准备背调陶副总了。您怎么会事先知道她有问题？”她继续问。

“企业 80% 的问题是人的问题，职位越高的人，出现问题的后果越严重。前后 3 人，均不到 30 天就离开，就算再不专业的猎头公司，也不可能是这样的结果。而负责与猎头对接的就是陶副总。不是我们要怀疑她，而是她身上的疑点无论如何都绕不开。但要拿到证据、找到真相就必须设这个局。问题只有从根源入手，才能得到真正的解决。我们的工作，不仅仅是推荐个人那么简单。有时候我们是企业的眼睛，帮助他们尽量避开‘视觉盲区’；有时候我们是企业的镜子，用尽量全面和适宜的角度让企业了解自己；有时候我们是企业的医生，检查病因、制定治疗方案，最后还要解除病痛；有时候我们是企业的老师，要让他们学会生存之术、避险之法、发展之道。企业不仅在发展的时候才需要猎头，在处于困境甚至危机时都需要。因为猎头不仅仅只有寻猎，还有止猎和反猎。”

时加宪似乎不是在单纯地回答问题，而是在引导他们往更深的层面思考。

“还有一点不明白，做背调的时候，没有录音、不能录像，也没有签字文件，怎么证明《背调报告》的真实性？”

时加宪没有马上回答她的问题，而是非常罕见地盯着她，微微笑着。这个举动让孟幻琪浑身不自在。时加宪用意外的夸赞化解了她的尴尬：“祝贺你，成长得很快。”

孟幻琪没明白时加宪的意思，时加宪也没让她耗费精力，直接给出了解释。

“做事能够成功的人必须具备一种能力，就是解决问题的能力。而解决问题的前提是发现问题，这甚至比解决问题本身更难。你提出的这三个问题都是关键点。有智慧的人，都是会提问题的人。”

孟幻琪被时加宪的夸赞弄得不知所措，但接下来时加宪的话锋却发生了意外的反转。

“但别着急，饭要一口一口吃。你这个问题可不是一两句话就能说清的。我们不如先解决下一个案子，你的第三个客户星海巨能已经让你们提前做背调了，情况怎么样？”

孟幻琪一听时加宪问到了星海巨能的案子，立刻从刚才的状态中脱离出来，脸一红，略带扭捏地说：“这个嘛……有点，有点不好说。”

“说说看。”时加宪的表情很轻松。

孟幻琪打开电脑，连接了投影仪，屏幕上呈现出星海巨能的信息。

孟幻琪切换着幻灯片，开始对星海巨能的背调进行讲解：“星海巨能是一家大型高科技新能源设备制造企业，产业涉及太阳能、风能、再生性能源等，目前年产值250亿。委托我们猎聘其指定的一名候选人——擎帆高科公司的技术总监汪龙山，汪龙山研发的永磁真空动能蓄转技术已经达到世界领先水平，并且领先程度能够达到5年以上。如果能在这5年的领先期内将这项技术产品化并投入市场，其产值非常可观。这也是新能源公司眼中的一块肥肉。星海巨能公司说，只要能成功，不惜任何代价。但关键问题是……可最后的背调结果……汪龙山原来是大学教授、博导，后下海从商，奋斗9年创建并发展了现在的擎帆高科。企业虽然不大，但基本都是高技术含量的产品。营业额去年达到3个亿，利润估算在7000万左右，永磁真空动能蓄转技术一旦产品化，前景一片大好。目前汪龙山的资金投入加技术入股使其股份占到了57.3%，也就是说汪龙山是擎帆高科的老板，不会去为别人打工。”

时加宪听了孟幻琪的介绍，转身看向吴常和王晓红：“你们有什么想法？”

吴常在这群人面前，可没有面对客户时的那种严肃感，一边摇头叹气，一边对孟幻琪说：“小师妹，这种‘定向挖脚’的好处是不用寻猎，流程相对较少，但问题就是选择性单一，往往隐藏着更大的难度！像我这种集英俊和智慧于一身、胆识与魅力并存的资深猎头……助理是不会像你这么悲观的……”

时加宪倒是没有插话，不忙的时候对于下属们开的玩笑，他从来都是抱着宽容的态度。只有王晓红看不上吴常那一副装神弄鬼的样子，直接说出了吴常的计划：“就是让星海巨能收购擎帆高科，连窝端！”

孟幻琪一听见“连窝端”三个字，不禁惊讶地出声问：“不是吧？这也太狠了！”

王晓红笑了：“这种事很早就有过先例。企业为了把一个人才挖过来，甚至不惜把整个企业都买下来。例如美国某著名电子设备公司为把一个名叫斯特劳斯的电气工程师挖过来，当用高薪不奏效时，就把这个小企业连同他本人一起买下来。荷兰某跨国公司也曾以高薪聘用一位工程师，失败后，一狠心把那个企业买了下来。”

时加宪听了王晓红的讲述后，点点头：“方向是对的。具体方案有吗？”

王晓红和孟幻琪齐刷刷地把目光投向吴常，想要看看这个自称天资绝顶的奇才是怎么叙述自己的方案的。

见吴常支支吾吾，时加宪笑着摇了摇头，其实他本来也没指望吴常一下子解决这个难题。“咱们先去见一见星海巨能的人吧。”他说。

星海巨能不愧是大型能源企业，整个办公楼都充满了科技感，看得吴常一阵咂舌。会议室内，时加宪几人与星海巨能的总经理方总、常务刘副总、人力资源部商总监聚在一起。待孟幻琪介绍完目前情况后，方总眸子一抬，看向了刘副总和商总监。

“你们是什么意见？”方总的语调很低沉，也威严十足。

刘副总的眉头皱了皱，整理了一下思绪，很为难地说：“除非他破产，或是他们内部出现问题，否则咱们不可能有机会把他挖过来。”

商总监听了刘副总的话，摇了摇头说：“如果那样，汪龙山就不是我们想要的人了。再说，他创业 9 年让擎帆高科走到现在，就证明他是一个技术和管理的双料人才，他有足够的能力和资本解决内部问题。他的技术成果和市场形势又难以估量，想让他破产……可能性极小。”

方总抿了抿嘴唇：“那就是没可能了？”

“有可能。”孟幻琪的声音不大，但足以吸引几位老总的目光。她有些紧张，不自觉地看了王晓红一眼，王晓红立刻冲她点点头，投来鼓励的目光。她稳了稳心神，开口道："办法就是，并购擎帆高科，人、技术、公司一并吞下。"

刘副总立刻笑了："小姑娘的想法很好，但汪龙山不可能愿意被并购，而且并购的难度跟挖个人的难度相比，相差可不是一两个量级！"

方总想了想，抬头问时加宪："并购对于星海巨能和擎帆高科都有利，还能让星海巨能拥有汪龙山，不过，成功概率是多少？"

时加宪立刻从包里拿出一份文件递给方总。这一举动着实让吴常他们吃了一惊：时加宪什么时候整理的文件？

"星海巨能的魄力有多大？"时加宪问道。方总没有回答，只是接过文件打开、浏览，又传给了两位高管。刘副总看过文件，显得有些疑惑，商总监也有些不解，转过头来征求方总的意见。方总没有回应，沉思片刻就在文件后面签上字交还给时加宪："照单全收！"

从星海巨能出来，刚坐进车里，时加宪就布置了任务："给你们三天时间，收集擎帆高科的经销商、供应商、销售数据、产品定价、返修率等等一切相关信息。"

吴常犹犹豫豫地问道："老大，你觉得凭咱们几个能完成这么大的并购案吗？"

"绝对不能，所以需要'水獭'。"

孟幻琪对"水獭"这个词好奇极了。目前为止，她已经在这里听过了老虎、狼等动物，现在又加上水獭，这简直就是个动物园。

"师兄，'水獭'又是什么人？"

“围堤筑堰、截水成池。这类人是我们猎手的钻石级外脑，”吴常解释道，“我们把相关的信息和数据收集以后交给‘水獭’，他就能帮我们分析出一个企业最有价值的优势和最致命的漏洞，从而来制定最有效的谈判方案。在整个操作过程中他全程跟踪并协助，有些事还要亲自实施。”

孟幻琪听了，不禁有些疑惑：“为什么有这么厉害的人帮忙，你还怀疑能不能操作呢？”

“因为他贵啊！就你那点儿合同标的额全给‘水獭’都不一定够，这就是个赔本的买卖啊！”

“知道贵就抓紧时间，”时加宪瞥了他一眼，“你们知道‘水獭’要什么，快去办吧。”

王晓红和吴常分头出发，时加宪一边开车一边拨通了电话。

“好久不见了，这次要请你出山。有一个企业并购案想请你操刀，时间紧，我们约个地方……好，你订好后发短信给我……”

这通电话肯定与这次任务有关，说不定这个人就是“水獭”。孟幻琪心生一计。

“什么！你要去找‘水獭’?!”咖啡厅里，张韬瞪着孟幻琪，满脸的不可思议。

“一个好好的企业就要因为这种下三滥的手段被并购，你不觉得太可悲了吗?”孟幻琪梗着脖子。

“你知不知道，为了你的安全，你之前给我的材料我一个字都没敢登报。你居然要去找‘水獭’！你知道这样做的后果吗？”

孟幻琪从来都是吃软不吃硬，见张韬生气了，马上火气直冒：“你根本不明白这里面的水有多深！我已经和他们同流合污这么久了，很多事情都还是稀里糊涂……”

“好了好了，”张韬最怕这位的大小姐脾气，赶紧压下火气，好言相劝，“你要沉住气，再等等，把他们所有的内幕都挖出来曝光，让他们以后害不了人！而且就算你跟那个‘水獭’见面了，你也劝止不了他。你说了，他和时加宪绝不是第一次合作，这样的关系，凭你几句话就想让他放弃！可能吗？还有，他吃的就是这碗饭，这么大的一笔佣金他会不要吗？再说，就算你能劝得了这个‘水獭’，时加宪还会有其他的‘水獭’。你劝得过来吗？”

“谁说我要去劝他？”孟幻琪盯着张韬，“我是要去打探。”

第十八章　惊天乌龙

一个穿着蓝色条纹衬衫、梳着高马尾的美丽姑娘穿行在人流之中。高挑的身段、精致的脸庞以及高跟鞋落在地面的清脆声音引得路人纷纷侧目。

孟幻琪脚步匆匆，心里还在打鼓。马上要去见一个陌生人，还要跟他探听消息，而到目前为止，除了知道他智商很高外，她对“水獭”的了解无限接近于零。

那天在时加宪车上，她以手机没电但要给学校老师打电话为由借用了时加宪的手机，记下了“水獭”的号码，后来又以她是时加宪的徒弟加仰慕者为由，约到了“水獭”。事情的顺利超乎想象，因此她有些不安。但既然已经约了，就试试看吧。

很快，孟幻琪来到约定地点，那家她很熟悉的咖啡厅。隔着窗子就能看见订好的座位上坐着一位30多岁的男子，这应该就是“水獭”了。

孟幻琪走进咖啡厅。“水獭”正百无聊赖地玩着手机，忽然发现面前站了个人，抬头一看，不禁吃了一惊。他站起来，盯着孟幻琪，一时无语。

“水獭”的反应让孟幻琪十分尴尬，她讪笑着伸出手：“您就是孙先生？我是时经理的实习生，孟幻琪。”

“水獭”这才反应过来，握了握孟幻琪的手：“你好你好，我是孙哲。”

两人落座后，孟幻琪先开口：“您好孙先生，我也不知道该怎么说……就像电话里说的，我这次和您见面，时经理不知道，也希望您不要告诉他，可以吗？”

“我没说，既然你这么说，我就不告诉他。”孙哲爽快地答应了，但还在上下打量着孟幻琪。

孟幻琪被他看得浑身不自在，但出于种种考虑，还是努力摆出了一副笑脸。

“您和时经理已经认识很多年了吧？对他应该很了解是吧？”孟幻琪试探着问。

孙哲微笑着点点头，眼神还是那样奇怪。

孟幻琪有些紧张，说话也结巴起来：“其实，我只是在公司中和他共事……我觉得他很特别……但就是看不懂他，他让人完全捉摸不透……他很有才华……嗯……他的经历我只听别人说过几句……我很难判断……我也知道刚见面就问您一些问题真的很不合适，我就想先和您认识……”

孟幻琪在心里骂了自己一句“发挥真差”。而孙哲似乎听明白了孟幻琪的话，笑着说：“其实刚刚见到你的时候，我就什么都知道了。”

孟幻琪顿时吓了一跳。他知道什么了？知道我是卧底了？他会不会告诉时加宪？他是怎么看出来的？我说错话了？一时间无数问题涌入脑海。

不等孟幻琪说话，孙哲又继续说道：“我和他是多年的老朋友，他的事情我都知道。这么多年了，我不知劝过他多少回了！可他陷得太深，无论我怎么反对都没用。”

什么？孙哲劝过他？他反对他做这行？可他不是“水獭”吗？孟幻琪有些糊涂，只有顺着他的话往下说：“你说得对，他可能就是陷得太深了……”

孙哲看着孟幻琪青涩的样子，目光中有一丝欣慰：“你想问什么？问吧。”

今天太顺利了。孟幻琪虽然激动，可还是有点将信将疑。之前毫无交际的两个陌生人，刚刚见面，几句交流，就能让彼此坦诚相待？即便是有入木三分、深入骨髓的洞察力和判断力，这个过程也太过节省了！不过孟幻琪也顾不了那么多了，人是她约来的，自然要往下聊。至于孙哲是不是蒙她，她总会知道的。

“您先跟我讲讲他的过去吧。”孟幻琪试探着说。

“可以，”孙哲答应得很干脆，“可能有你没听过的内容，也可能有你听过的。你听完之后自己考虑吧。”

孟幻琪赶紧点头。

“时加宪在 19 岁就开始了打工生涯，以他当时的学历，只能做一些底层的工作，不但辛苦，一个月的工资也就几百元。他不甘心，想改变自己的命运。于是一边打工一边参加自学考试。这很疯狂，因为他能学习的时间实在太少，而唯一能请教的老师，就是那些教材。结果他这一考就是8年。后来，他终于拿到了本科学历，然后认识了德才胜华的创办人牛总，从此他走上了猎头之路。做了猎手之后，他又学习了MBA。每天忙忙碌碌，非常充实。可就在三年后，一切都发生了改变。他做了一件之前没有时间、没有条件也不敢做的事——他恋爱了。他的初恋女友就是他的同事，也是他的属下。那个女孩当时还是学生，喜欢穿蓝色的衣服，扎着马尾辫。”孙哲一边说一边指了指孟幻琪。

孟幻琪几乎要惊叫出声。“蓝色的衣服代表蓝海”“时加宪喜欢女生扎马尾辫”，她还记得柳鑫的话。这一身造型居然是这样的来历！自己第一次去猎头部报到的那天，时加宪看到她时的反应；张韬在看到自己这个打扮时那气急败坏的模样……似乎很多事情都有了一个合理的解释。

“看来你还不知道这件事，”孙哲笑得很开心，“其实时加宪跟我提过你。呵呵真是太巧了。”

时加宪跟孙哲说过自己？孟幻琪又糊涂了。她不知该如何接话，于是催促道：“你继续说吧。”

“那时他恋爱了，作为他的好兄弟，我真为他高兴。你一定知道时加宪的英语超烂吧？他自考8年，仅英语就考了7年，最后一次好不容易总算及格了，还是押对题凭运气通过的。那个女孩是学英语的，总是帮时加宪补习英语，他说那是他最幸福的时刻之一。但是，很快就发生了一件事。一个客户找到他，说要请他去做私人助理。当时开的条件是年薪58万，两年的合同期，两年结束后再送他一套价值60万的房产。”

孟幻琪按照当时的房价做了简单的计算：“很诱人啊！那个老板很有来头嘛！”

孙哲苦笑着：“不仅在当时，就算现在也是相当诱人。他的那个雇主是英国一家财团的顾问。不过，时加宪如果仅仅因为这份收入离开德才胜华，那他就不是时加宪了。很大程度上是为了那女孩。当时，时加先虽然工作成绩不错，但毕竟是创业初期，收入勉强算是小康。他为了能给那女孩一个安稳的家……他太着急了，没有走完该有的流程，连最基本的背调都没做，就很急地把自己给猎走了。不久那女孩也跳槽了。可当他接手这个工作后才发现，事情远远超出了他的预料！”

原来时加宪坚持严格的背调标准，都是因为他亲身经历的惨痛教训。孟幻琪感叹。但她也很惊诧，无非就是一份工作罢了，满意也好，不满意也罢，又能“超出预料”到哪儿去呢？

“他的雇主有包括父母在内共17位亲属，而且全都是重量级的社会人士，他的父亲是一家房地产集团的总裁，由于工作太累得了脑出血，做了3次手术。虽已出院，但出现危险已是常态，需要24小时特护。他母亲一个人吃力地支撑着家里的生意，而他又无法放弃英国的事业。随之而来的就是那15位亲属对他们家生活和资产的干涉。”

孟幻琪想象了一下这个情景，叹道：“真的很复杂啊！”

孙哲似乎对时加宪当时的遭遇感同身受，眼里全是真挚的同情：

“时加宪接手到这份工作后，每天最少要工作 14 个小时，而且根本就不可能有休息日。他的大脑时时刻刻处于高压状态。有一次他在老板家附近被几个流氓打了，他都没有报警。”

孟幻琪眉头一皱：“为什么？”

“一旦报了警，无论是他要配合调查，还是要去他老板那里进行核实，都会或直接或间接地给他带来更多的麻烦。而且他也大概知道是谁干的，只是没有证据。”

孟幻琪恍然大悟，感慨着时加宪当时的处境。

“当时时加宪实在太难了，忍不住和那女孩诉了苦。但她不但没给他安慰，还讽刺他说‘没有金刚钻，就别揽那瓷器活！’”

孟幻琪听了孙哲的话，又是一愣，今天算是解开了所有的秘密。

“这也太巧了……上次我也说了这句话，他就像变了一个人似的！原来是这样！”

“唉，他当时心里是什么滋味我们局外人虽不能体会，但可以想象。从那以后，再没有人看到他拒绝过任何困难，哪怕在别人看来不可能的事。当然了，更不会有人听到他诉苦。”孙哲一脸愁容。看得出，他与时加宪的关系绝非一般，朋友能做到这个份上，也真是难得。

“又过了三个月，女孩的东西突然全都不见了，也联系不上。时加宪像疯了一样找她，可她就像人间蒸发了一样！更过分的是，她临走时，还把时加宪给她的零花钱和两个人的生活费都带走了。”

孟幻琪张大了嘴巴：“卷款潜逃？”

孙哲叹了口气：“当时我们说什么时加宪都不信，还帮那个女孩找各种理由解释。甚至还告诉我们，如果见到了那个女孩，就一定要替他道歉！说以后会多抽时间来陪她，实在不行，他就辞职。直到有一天，他得知那个女孩已经和另外一个男人结婚了……”

孟幻琪完全没想到时加宪居然有这样一段不堪回首的往事，不由同情地说：“好惨！”

“那段时间，我亲眼看见他变成了另外一个人。可这还不是最糟的。”

“还有更糟的？”

“时加宪那时在网上写了一些日志，吐露了自己的心声，那个女孩看了，给他留了言。”

“她说什么？”

“活该。”

第十九章　引蛇吞象

是这次感情经历改变了时加宪？还是其中另有隐情？和孙哲见面回来，孟幻琪觉得脑子里更乱了。在孙哲的叙述中，时加宪并不像阴险之人。虽说这是孙哲的一面之词，但孟幻琪竟有几分相信。经过这几个月的朝夕相处和仔细观察，她的想法早已悄然发生了变化。

孙哲似乎真没有向时加宪透露这件事。时加宪跟之前没有任何区别，平时还是那面瘫一样的表情，反倒是孟幻琪每次见到他都会感到有些尴尬。

时间一天天过去，快到合同的截止日期了，却还不见时加宪有任何动作，而且最近一两天居然玩忽职守，经常失踪。吴常和王晓红也不知躲到哪里去了。

而当他们再次出现时，时加宪有了一个新的身份。

“什么？联斯塔的总裁助理？”孟幻琪不敢相信自己的耳朵。

“是副总裁助理，”吴常偷偷指了指正在跟时加宪亲密交谈的中年男子，“那位就是齐副总，他上个月刚上任。”

孟幻琪目瞪口呆，时加宪居然跟亚洲最大的新能源技术设备经销商扯上了关系，真是老谋深算、手段精深，无所不用其极。

"他怎么能……"

"等会儿你就知道了。咱们还有任务，先上车，去擎帆高科，办完事再说。"吴常神秘一笑。

车队驶进擎帆高科厂区，停在办公楼前。

几名管理人员早就等在楼下，见他们下车，赶紧走过来握手寒暄，并把他们带往汪龙山的办公室。

汪龙山虽已在商海打拼多年，但举手投足间仍有学者的儒雅气质。

"齐总、时助理，你们好！欢迎欢迎！请进！"汪龙山笑容满面，将时加宪等人迎到办公室内落座。

"齐总刚上任就来我们擎帆高科考察，我是既意外又惊喜呀！"汪龙山说完忙请人上茶。

"您客气了汪总，您知道我们联斯塔从不单一代理某一厂商或品牌的产品，而是与有实力的厂商结合成战略合作联盟，包括股权融资、风险投资、品牌打造、市场调研、产品服务、公关处理等等。所以对合作方的资历、技术实力、产品品质都有非常严格的要求。当然一旦合作成功，对于我们双方绝对不是一加一等于二的效果……"

汪龙山听到齐总夸耀联斯塔的实力，并不反驳，反而赞叹道："正是因为联斯塔这样特殊的经营模式，虽然之前我就非常想与联斯塔合作，但毕竟实力有限，也就一直没什么实质上的动作。您到我们这里考察，我们很荣幸啊。"

原来擎帆高科一直想与联斯塔合作，这一定是时加宪经过背调了解到的汪龙山的“软肋”。但想要擎帆高科的是星海巨能，和联斯塔有什么关系？而且这么大的企业，怎么可能被一个小小的时加宪所调动？孟幻琪想不明白。

听汪龙山这么说，齐总一笑，随即解释道：“我想拜访一下有实力的新能源技术企业，多些了解，以便选择有创新能力和竞争潜质的合作伙伴，以达成双赢。我在来之前就对擎帆高科做了全面调研。擎帆高科产品技术指标比同类产品高出 9.8%，故障率仅为业内平均值的 67%，而价格也有 10 个点的竞争优势，还有最重要的一点，擎帆高科的高技术研发能力。”

“齐总过奖了。”汪龙山笑得憨厚。这通赞扬，让汪龙山十分高兴。这个人代表的可是行业内的巨无霸——联斯塔。

“我只作客观阐述。以上是我们看中擎帆高科的优势。但这些并不能让我们达成合作。”

汪龙山表情一滞，急切地问起了原因。

“首先，擎帆高科没有 10 万千瓦以上的产品，但这类产品在我们联斯塔的销量占到 32.4%；第二，擎帆高科采用的是一般故障远程售后，重大故障派员出勤，这样的售后保障方式显然不能适应我们合作后的规模；第三，一旦合作成功，我们的销售量最低要达到目前擎帆高科产能的 15 倍。我需要确认的是擎帆高科能不能满足最基本的合作条件。”

齐总的话正中擎帆高科的痛点，这让汪龙山若有所思：“齐总，您说的这些我都明白。可是擎帆高科最大的自信就是我们的技术研发能力，这一点我们没有任何问题。但新建大型的实验室和测试系统以及 15 倍的生产线，假设全部资金到位，选新厂址、购地、各种行政手续、开工建设、配套设施、安装调试、招聘培训员工等等这些最快也需要 3 年半时间。何况这笔资金的缺口太大！我相信您今天来一定不是单单指出我们的问题，所以我想请教，关于这些问题您有什么高见？”

齐总对汪龙山的问题不置可否，只提出要在公司各处参观一下。汪龙山也就立刻安排了。参观结束，齐总坦陈，对于如何解决那几个问题，他还需要回去再想想。二人又聊了几句，齐总和时加宪就带人离开了。

吴常在车里忍不住夸赞起了“水獭”：“老大，这个‘水獭’可真是厉害。‘唰唰’几下就搞得擎帆高科没了脾气。不过他怎么就知道现在汪龙山想要跟联斯塔合作呢？而且他算得也太准了，仅仅几个数据，就把汪龙山牵制住了。”“水獭”作为“外脑”，实力确实恐怖。无论是机遇的把握还是基础数据的调查都可圈可点，虽然没取得什么实际性的进展，但不能不承认这是一次很好的谈判。

时加宪微笑着点点头，此时他的心情不错，也就顺口解释了几句：“现在是一个‘渠道为王’的时代，借力使力、合作双赢，要比单打独斗更容易成功。表面看就几个数据，‘水獭’得出的过程可不是这么简单。汪龙山想到的他都要想到，汪龙山没想到的他也要想到。最重要的是汪龙山想要的，他要不近不远准确地给到。一名优秀的猎手，眼睛盯着的是猎物的优势，枪口对准的是猎物的弱点。”

说起来容易，可谁都知道要把握住其中的关键可不是那么容易。孟幻琪听得云山雾罩，不过她倒是没纠结这些专业的问题，这可不是一天两天能够掌握的，只要知道大概的手法也就行了，自己又没真想参与这种工作。最能勾起她兴趣的是时加宪变成“时助理”这件事。现在她急切地把这个疑问提了出来：“联斯塔怎么会给您这个身份呢？”

时加宪还是一脸云淡风轻，好像这种事情完全不值一提：“其实‘水獭’帮我们操作的是两笔收购案。”

王晓红也对孟幻琪笑：“你不会认为我们这么长时间仅仅是在等‘水獭’对擎帆高科的分析吧！”

孟幻琪皱着眉头，思来想去还是觉得不太对劲，就操作难度来说，根本不是这些天就能办到的，于是问道：“联斯塔这么大的收购案，这么短的时间？不可能啊！”

孟幻琪现在的心情很不爽。原来这次任务，吴常和王晓红之前都参与了，只瞒着自己一个人。这种“众人皆醒我独醉”的感觉实在不美妙，有一种被人愚弄、被人隔离的感觉。

“你真想知道？我可以告诉你。”时加宪看了孟幻琪一眼，见她使劲儿点头，接着说道，“联斯塔先不说，汪龙山刚才向我们征求意见，这是实施下一步计划的好机会，你说我们为什么没有马上行动啊？”

“为什么呢？”

时加宪看着孟幻琪那迷茫的样子，不由一笑：“时机是一方面，还有一方面就是时间。如果我们马上实施下一步计划，急于推出星海巨能，汪龙山很可能会怀疑。在合理的时间内，经过‘仔细思考’后再给他回复，这不是更顺理成章吗？”

孟幻琪明白了。

吴常急切地向时加宪打听下一步的计划和时间。如果能参与到这么一个超大型的并购计划，无论怎样也能在个人业务史上留下浓墨重彩的一笔了。时加宪爽快地给了他答案。

三天后，风和日丽，时加宪一行人再次来到擎帆高科，汪龙山依然非常热情地迎接了他们。

“汪总一手打拼出来的擎帆高科，我们是能预见到其潜力的，联斯塔不会只看眼前。”齐总说的是事实，这是再次来到擎帆高科最有说服力的理由，也是实施下一步最重要的前提，“汪总，星海巨能您知道吗？”

汪龙山没明白星海巨能跟眼前的话题有什么关系，但还是点点头，照实说道：“业内谁不知道啊！这可是新能源行业的巨头啊！您今天说星海巨能是……”

“星海巨能的研发生产基地有87%在中国，而其中规模最大的——也是最新建成的研发生产基地距擎帆高科只有186公里。星海巨能在这个基地上投资了5.3个亿，刚刚建成8个月，生产线满负荷运转其产量是目前擎帆高科的26倍。它的实验室都是按照兆瓦级规模设计的。”

“齐总，您的意思是……”

“蛇吞象，收购星海巨能。”

汪龙山果然很吃惊：“齐总，您没开玩笑吧！”

“股权置换。这个基地占星海巨能全部资产总额的9.3%，以擎帆高科100%的股份吞下星海巨能这9.3%的资产后，您就是星海巨能的第三大股东，不仅拥有全亚洲最大、最先进的研发生产基地，还能获得每年1.2亿的研发经费和全部的生产资金，还有熟练的员工、成型的管理、一流的设备和条件。不需要融资，不需要审批，不需要建设周期，就可以直接获得23个国家的1654个售后服务站。而这一切所需要的时间，如果您以现在的方式进行，大约需要21年，有联斯塔介入，吞下星海巨能顺利的话只需要13周。”

汪龙山陷入沉思。过了一会儿，他很认真地说：“说实话，我没有什么把握。毕竟星海巨能的体量在那儿，而且我以前也从来没想过。”

齐总很严肃：“我们有把握，但我们有条件。”

汪龙山听到这话，反而不再怀疑，表情也轻松了：“哈哈哈，我就知道！好！说说看。”

“成功之后联斯塔要成为擎帆高科的全球独家代理商；三年之内分成要多加1.5个点；在新产品设计上联斯塔要享有建议权；合作期内为联斯塔免费培训销售工程师。”齐总一副胜券在握的样子，仿佛根本就不担心汪龙山会不答应。

汪龙山再次陷入了思考，不过只是片刻，他就做出了决定：“嗯！虽然代价不菲，但真如齐总所说，也值。”

齐总一听汪龙山答应了，不禁大喜过望，很痛快地说道：“那好。明天我们商讨具体合作事宜。确定后，其余的事就交给联斯塔了。”

汪龙山豪迈地一笑：“好！预祝蛇吞象成功，我汪某也玩一回大手笔！”

离开擎帆高科的路上，几个人还沉寂在“蛇吞象”的兴奋中。

孟幻琪把整件事从头到尾想了一遍，下了最后的总结陈词：“这个蛇吞象和象吞蛇其实就是一回事啊！”

“但自己被并购和去收购别人，是完全不一样的角度！感受自然也是大不相同。最重要的一点，谁也不能否认——他们都是最终的受益者。”王晓红说。

孟幻琪突然眼睛一亮。她以前从来没有想过，在自己眼中犹如害虫，只会挖人墙脚、破坏人买卖的猎手，居然也能创造出共赢的局面。可是，这不应该啊……自己，错了么？

吴常感叹道：“老大，这次太悬啦！玩得也太大啦！从来没在一个案子上有这么大的工作量！”

时加宪笑着摇了摇头：“猎头工作的主角永远都不是我们猎手，而是猎聘企业本身。无论之前还是之后，星海巨能都承担着最大的工作量。”

“老大，你不是常说，企业或候选人做了99%，而猎头只做了1%，但就是这1%创造了100%奇迹吗？”王晓红很兴奋。

“这不是我说的，是业界前辈们说的。”时加宪说完，也呵呵笑了。

第二十章　冰山现角

终于完成了所有案子，虽然无一例外都像是“死单”，但在时加宪的带领下还是有惊无险地全部“盘活”了。

当无事缠身时，原本沉在孟幻琪心底的思绪也浮现出来。人和事已经不似以往，她发现了太多疑点。而且，经过这段时间，她多多少少对德才胜华产生了感情。不提时加宪，仅仅王晓红和吴常，已经做了这么久的“战友”，难道在下一秒钟就要反目成仇吗?

当承受得太多而要寻找慰藉时，孟幻琪总是很想母亲。

她来到孟氏大厦，正遇上任丽送人出来。任丽与她打了个招呼，待客人走后快步来到她身边。

“你不是在实习吗?这还没到下班时间呢。有着急的事儿?”

孟幻琪赶紧摇头：“没有没有，前段时间忙，有些天没回家了。下午刚好有空就过来看看。她这几天身体还好吧?”

任丽沉吟一下：“还好。就是事情一件接一件，孟总的休息时间没法保证。”

孟幻琪不由急上心头。她最怕母亲劳累过度，可是偏偏自己又帮不上什么忙。虽然没长成肩不能扛、手不能提的大小姐，可也对自家的业务一窍不通。所谓的为孟氏报一箭之仇也只能是出一口气，说到底只是自己的小玩小闹。就算打倒时加宪，也起不到什么作用。事情已经发生了，自己面对母亲的困境依旧无能为力。想到这些，孟幻琪的眼神黯淡了："任丽姐，辛苦你多为她分担些。"

"你就放心吧。"任丽轻敲孟云办公室大门，没有听见声响就又推门看了看，"孟总好像睡着了。"

孟幻琪做了个"嘘"的手势，伸头去看。

母亲半躺在轮椅上，面前的桌子上堆满了还没处理的文件，手里还拿着没来得及放下的老花镜。整个人看起来疲惫又憔悴。孟幻琪叹了口气，轻轻地关上了门。

孟幻琪离开后，任丽刚回到工位就接到了孟云的电话。她忙按照指示拿着相关材料送去。

"孟总您不再休息一会儿？"任丽把材料递给孟云，扫了一眼墙上的挂钟，她只睡了二十分钟。

"不用了，眯上一会儿感觉好多了。"孟云笑笑。

"孟总，刚才幻琪来了，见您睡了就回去了。说是好多天没回家，今天下午没什么工作，就过来看看您。"

"嗨，辛苦我那位老伙计了。"孟云会心一笑。

"您……现在真的不打算告诉她？"

"还不到时候，再等等。对了，那个记者查清楚了吗？"

"基本情况都查清楚了，他和您朋友多年前打过交道。但好像没那么简单。他们还需要时间。"

“正好，这也是让幻琪锻炼的好机会，让她体会一下世事险恶。”

“孟总，这样做会不会有些冒险？”

“你不是早就见识过我那老伙计的本事了嘛！”

任丽点点头，又问道：“孙总监的事现在条件成熟了，您看什么时候行动？”

“不动。等着。”

“为什么？”

“乾隆为什么不办和珅？”孟云意味深长地笑笑。

孟幻琪没有跟母亲打上一个招呼、说上一句话，却从她那里得到了一种难以名状的力量。她仔细回想了这段时间的经历，梳理了发生过的每一个细节。待思路清晰后，当下就做了一个重大决定。

在湖边公园的休闲椅上，孟幻琪约见了张韬。这个公园不大，平时只有些老人晨练；树木不多，但树龄很长；花草也没有什么名贵的品种，但种植规整，郁郁葱葱，是个谈事情的好地方。

孟幻琪向张韬介绍了时加宪操作案子的经过，还没等张韬答话便说：“我是想告诉你，关于时加宪的报道你可以登报了，我要撤了，学校有事。”

张韬似乎被她突如其来的决定吓了一跳：“什么！不行，事情还没完呢！怎么能撤？”

“我给你提供的这么多情报，如果见了报他还能做猎头吗？毁掉他的职业生涯，这不就是咱俩当初定下的目标吗？目标达成了，事情怎么还没完？”

张韬一愣，随即赔笑说：“啊……这个……当初咱们不是说要曝光他是怎么挖人的吗？只有揭露出他具体是如何做的，新闻才有说服力，可到现在他没让你接触核心的操作。咱们还没有完成任务呢！”

若是以前，孟幻琪可能已经听信了张韬的话。可如今，她早就不是那个被怒火冲昏头脑，能被人轻易摆布的小女生了。她决定抛出下一个棋子：“能把他打垮，为孟氏报仇，你也完全能写出一篇有爆炸性的新闻，怎么就没完成任务？我也没办法做得更多了。对了，这样吧，德才胜华营销部经理，她很不喜欢时加宪，我给你介绍一下。剩下的事就看你自己的了。”

“柳鑫她要是能行我还……”张韬突然意识到自己说错了话。

孟幻琪并没有给他补救的机会：“你知道柳经理啊！好像对她还很了解？”

张韬讪笑着：“不是，咱们今天说的是时加宪，提什么柳经理啊。刚才咱们说的这些只是他的冰山一角，如果不能一下子把他打倒，他再起死回生……”

“行了行了，哪有你说得那么邪乎？还起死回生！”孟幻琪一副不耐烦的样子。

“六年前他就……”张韬在慌乱中斟酌着措辞。

“就怎样？”孟幻琪马上问道。

“就离开德才胜华了，可后来又回来了。”

孟幻琪的表情非常失望：“就这个啊？我知道。这有什么呀！行了，你也别劝我了，这事差不多了，我也不能得罪学校啊！到此为止，你回去写新闻吧！”孟幻琪拿着包就要起身。

“别啊！孟大小姐，这里边还有很多你不知道的事呢。之前没说是因为怕你知道了控制不住自己，不过既然已经到了这个份上，那我就告诉你吧。六年前他为什么离开德才胜华，你知道吗？”

“难道这里面还有别的事？”孟幻琪皱皱眉头，又重新坐回来。

张韬见孟幻琪“上钩”，松了口气：“当然啦！你听我说。这都是我这些年各处搜集来的信息。他是和德才胜华的牛总一起创业的骨干之一，这事儿你知道。按理说他能与牛总结识也是他的幸运，当时牛总拿出了所有积蓄创立了德才胜华，不单给予时加宪很重要的职位，还帮他付了 MBA 学费。你知道企业创业初期非常难，资金很紧张，牛总在他身上这么舍得投入，说明对他何等看重。不仅如此，在开展业务初期，时加宪出了很多错，也让牛总承担了不少损失。但牛总一句埋怨的话都没有，其他人有不满的情绪，牛总还出面为时加宪解围。都说人要感恩，牛总对时加宪那也是真够意思，按理说时加宪应该努力回报牛总才是。但人心难测啊！”

“发生了什么？”

“背叛。”

“时加宪？”

“那时候时加宪和一个女孩在谈恋爱，女孩那时候还是个学生……”

“这跟牛总有什么关系？”

“……这么说吧。当时有一个很高薪酬的职位让他去寻猎，结果他不顾牛总对他的培养，截下了这单业务，让自己得到了这个工作，就这样抛弃了德才胜华，这不是背叛是什么？其实我不用多说你也能感觉到，这事情就和程东离开孟氏一模一样。不仅如此，他身价倍增后，还抛弃了原来的女朋友……这就是他的人品！”张韬说着，情绪激动，就像目睹了什么人神共愤的事，“后来，他的雇主看清了他的嘴脸，把他辞退了。真是因果报应啊！这个人有了钱就只知道大手大脚地享乐，很快就被打回了原形。可是不知道他后来用了什么手段又让牛总重新接纳了他，还把已经候选猎头部经理的柳鑫给挤掉了！这个人，你说他多有手段！我们还有很多事没弄清楚，凭这么点信息就想把他击垮？你想得太简单了。”

孟幻琪听着他的话，面露狐疑。张韬说的与“水獭”讲的完全是两码事。

“就算你说的是真的，这也是他和牛总私人的事……”

“私德有亏到这个地步，还能在行业中风生水起，这个行业该是什么样子。”张韬表情严肃。

孟幻琪陷入了沉思。过了一会儿，她看向张韬：“你说得也有道理。如果是这样，那我就再坚持一段时间。”

第二十一章　谜团浓雾

试想有一天，你突然陷入了楚门的世界，身边的一切都像是经过精心设计，都被一层迷雾所笼罩，你被包裹在种种谎言之中，感到被人背叛、感到愤怒、感到无助。此时，你该怎样做?

曾经，孟幻琪选择跟张韬合作，试图揭下时加宪的面具，为孟氏报一箭之仇。可随着事件的发展，谜团变得越来越大，真相也似乎离自己越来越远。

好在她已经变得成熟，学会了忍耐。她在等待，就像一只随时准备猎食的山狸猫，收起爪子、眯着眼睛蹲在那里，只等关键时刻给猎物致命一击。

这是德才胜华非常普通的一天，所有人都在忙碌。

时加宪刚收到了一个紧急会议通知。这个通知来得异常突然，之前没有半点风声。这在时加宪的记忆中还是第一次。

五分钟后，德才胜华的大会议室内，所有部门经理及以上级别的人悉数出席，这对于德才胜华这样规模并非很大，又是扁平化管理的公司，算是一场高层会议了。

牛总在主位就座，开场白后直入主题："今天天影专猎的老总姚逊找我协商，希望我们能收购他们。天影专猎主营猎头业务，在业内这几年发展速度还可以，业务量与德才胜华的猎头业务基本相当，如果能收购他们，不但能少了一个竞争对手，还能增加我们的业务资源，你们有什么想法？"牛总用殷切的目光看向众人。

所有人都小心谨慎地思考着，不敢轻易给出结论。

出人意料，第一个发言的是行政部经理王倩："如果这是真的，的确是一件好事。"

人资部吴岩大体上也是这么个想法，不过对于细节上尚有许多考虑："他们为什么要让别人收购自己呢？"

柳鑫也在考虑这个问题，赞同道："我也正担心这个。如果天影专猎的业绩是我们了解到的那样，怎么会有想被收购的想法呢？"

牛总听到这里，解释道："我也问过这个问题，对方说，金融危机已经开始波及全球，中国当然也不能避免，而随着企业倒闭和大量裁员，猎头的业务势必会受到很大的冲击。现在如果能实现资源整合，在金融危机寒冬到来时大家抱团取暖，还能增加生存的概率，这一步只不过是早晚的问题，晚走不如早走。"

几位经理陆续发言，彼此间不乏争辩或附和。

牛总一边听一边不时看向时加宪。倒不是牛总信不过其他几位经理，但毕竟对方也是一家猎头公司，时加宪这个经营猎头业务多年的猎头部经理可能最有发言权。

"牛总，他们的总资产和业务总营业额是多少？我没有了解过。"

时加宪听了一会儿大家的意见，这才开口。

“只比你们猎头部多了 70 万，相当于我们公司资产总额的 53.8%。你有什么想法？”

时加宪没有着急作答，而是低头沉思起来。约一分钟后他抬起头：“我现在还不能表态，需要些时间。”

时加宪的回答并没有超出牛总的预料，他这个人做事实在太过于沉稳和细致，没有百分之百的把握不会轻易作决定。当然，这也是对公司的负责。

牛总点点头：“好，大家都回去好好想想。此事进入保密程序，在没有结果之前，在座的任何人不得泄露消息，散会！”

会议结束后，牛总又单独吩咐了时加宪几句。时加宪返回猎头部，立即召集了吴常、王晓红、孟幻琪三人。

他们在《保密协议》上签完字后，时加宪说：“目前此事已经进入保密阶段，除了公司高管，只有你们三个知道，这也是牛总对我们的高度信任。”

吴常收起了平时那副嘻嘻哈哈的嘴脸，严肃地问道：“老大，你是不是觉得这里面有问题？”

时加宪并没有回答，而是直接部署任务：“用‘蛇信子’探路，3 点半之前完成。”

紧张气氛弥漫开来，吴常和王晓红神色一凛：“收到。”

时加宪转身离开。孟幻琪满脸疑惑地看着王晓红。王晓红径直走到一个保险箱前，输入密码、扭动钥匙，将其打开。

保险箱里是几部无线座机。王晓红拿出三部放到办公桌上，这才向孟幻琪解释道："'蛇信子'就是蛇的舌头，蛇就是用它来收集空气中猎物的味道来寻找猎物。这是我们获得追踪线索的一种工具和手段。你看着，照做就行了。吴常！第一个交给你了。"

吴常做了一个 OK 的手势。他将材料和做记录的纸张准备好，拿起一支笔试了试书写流畅度，摆出一个很舒服的姿势，思索了一会儿，拨通了天影专猎的咨询电话。

"你好，是天影专猎吗？啊！是这样，我是鑫华万东的 HR，想在本地招聘一名大区经理。打了几期广告也没什么效果，就想试试猎头。……我们是集团公司……下属有 7 个行业，咱们天影专猎都能做哪些行业啊？哦……哦……哦……那都有什么成功案例吗？因为我对你们还不是很了解，这又是一笔不小的费用，我们也必然要谨慎，我想您也能理解……啊！当然我们只对你们的实力感兴趣，你们的客户我只能是当作参考……好……那您说说……你们为他们猎的是哪个职位啊？嗯……等一下，没有听清楚，啊好的，这回听清楚了。您继续说……"

吴常一边听一边飞快地记录着，速度之快让孟幻琪瞠目结舌。她凑过去看了看，笔记上写着长长的一串企业名单和职位名称，单是一手漂亮字就令她刮目相看。

"好的，谢谢您！这是您的电话吗？……好，再联系……再见。"随着这一声"再见"，吴常结束了"蛇信子"的第一步任务。

"套取他们的客户信息，通过对他们客户的考察来评价天影专猎的真正实力。”吴常一脸骄傲地解释道。

孟幻琪皱眉想了想，问道：“这又是‘一线之隔’，怎么做到不违法？”

王晓红没有急于回答，而是问孟幻琪：“刚才咱们签的《保密协议》你仔细看了吗？”

“看了。里面的条款很详细，还有保密操作程序。”

“对。其中几项条款是针对‘蛇信子’使用上的限制，比如参与调查任务的人员，必须严格遵守保密规定。调查人员所获得的调查信息，必须归入保密档案，不得以贩卖、交换、赠予等任何方式泄露。任务完成后还要销毁。参与调查任务的人员，两年内不得向与任务无关的任何人，包括公司内部其他人员，提及任何有关调查任务的信息。违反《保密协议》的人员，其直属领导和其他相关责任人，共同承担相应的法律责任。还有其他的，你以后就知道了。”

孟幻琪又问道：“那用办公电话或手机不行吗？”

“你想啊，如果有人打来电话，在你不清楚是谁来电的情况下，你很有可能就会自报家门。又比如对方来电话的时候你不在，同事帮你接了电话，无论是哪一种情况，你都会有暴露的风险。”

这时，吴常用标签纸写上“鑫华万东”的字样，标注上具体日期和时间，插到刚刚用过的电话的标签槽里，然后对王晓红递了一个眼神。

王晓红对吴常翻了个白眼，按下录音键对电话说：“您好，欢迎致电鑫华万东。座席全忙，请稍后再拨。谢谢。”

不等孟幻琪发问，她就解释道：“如果对方回拨，这就是我们的应对之策。一般情况下，‘蛇信子’一旦启用，在任务结束前要 24 小时开机。一旦对方回访，这电话录音会自动播放，对方就不会怀疑。当然仅限工作时间。”

吴常也没打算放过这个教育孟幻琪的机会，说道：“还有‘蛇信子’不允许被拿到这间办公室以外，也就是其他人员不会接触到这些电话。这部电话我已经标注了它扮演的身份和启用时间，所以不会弄错。”

时间一分一秒地流过，三人的初步调查，在耐心细致的工作之后终于完成。

时加宪审查完名单后开始布置任务：“从明天开始我们分成两组，吴常、晓红你们一组。每天下午 4 点半前回来汇总。孟幻琪你和我一组，我亲自教你中级背调。吴常、晓红，把你们认为比较容易上手的背调对象优先挑选，其余的交给孟幻琪。”

孟幻琪有些不情愿，但转念一想，如果能得到时加宪亲自传授也是好事。

吴常和王晓红离开后，时加宪随即带着孟幻琪来到了调查目标之一北台超市的一家分店外。

在车上时加宪已向孟幻琪说明了相关情况。半年前，北台超市在这里开新店，通过天影专猎猎聘到一名店长。这家超市现已开张四个月，也就是说新店长已到位四个月。他们要去店里看看，做一回真的顾客。

两人走进超市。孟幻琪一边东张西望一边问：“需要看什么？”

时加宪随意说：“你觉得需要看什么就看什么。但一定要先去洗手间，要在里面待满 5 分钟。”

“为什么？”

“洗手间能看出企业的管理水平。”

5 分钟后，时加宪和孟幻琪分别从男女洗手间出来。

“情况怎么样？”

“不错，人多时，随时都在打扫。刚刚问保洁员，他们平常也是每 20 分钟打扫一遍。”

时加宪微微点了点头：“可以打 60 分。”

孟幻琪惊讶道：“这就及格了！也太容易啦！”

“高手比的是个位数，甚至是小数点后面的数字。”

随后，两人又来到购物区，时加宪推着购物车在人流中很自然地挑选着商品，边走边观察着商品的陈列和顾客的反应。

“无论一个企业最高层的管理能力是什么水平，最终都会体现在其终端上——也就是顾客对购物和服务的感受。你仔细看，这儿的商品、物流、价签展示、布置、卫生、收银、员工状态等等和其他超市比有什么不同吗？”

听了时加宪的话，孟幻琪认真观察了一下。

“看不出来，和其他超市一样，产品陈列合理、物流很有秩序、价签展示比较清晰醒目、布景符合人的视觉习惯。”

“那有什么给你留下深刻印象的吗？”

“好像……也没有。”

“这就说明，这家店店长的管理能力，在业内只能是合格，并不算优秀。”

孟幻琪有些惊讶：“你怎么知道？”

“把事情正确地去做，这叫管理技术。但要做进人心，这叫管理艺术。你听听背景音乐。”时加宪并没有直接回答孟幻琪的问题，而是把问题带回了超市本身。

孟幻琪仔细感受了一下音乐，说道：“其他超市好像也是这样啊！”

“你太小看音乐的作用啦！没有背景音乐会令人感觉空旷，但你听到这么悲伤的情歌，势必会影响心情。”

正说着，音乐又转回了欢快节奏。

“那这个总可以了吧？”

“买东西的人不是很多。”时加宪好像转换了话题。

“现在又不是购物高峰期，很正常啊！”

“快节奏音乐会让人加快行动频率，进而加快采购速度。如果是舒缓的慢节奏音乐，人看上去一定比现在多。高峰期播放快节奏的音乐才正合适。”

“就凭这一点?!”

“细节决定成败。”

第二十二章　双重卧底

吴常和王晓红还在外面忙着，德才胜华猎头部经理办公室内只有时加宪和孟幻琪。孟幻琪正在研究天影专猎的客户名单，而时加宪正拿着一张报纸看得津津有味。那是招聘专版，上面刊登着一份招聘启事。

发布招聘启事的是一家名为奇公的公司，它也是天影专猎的客户。

时加宪把报纸递给孟幻琪。

“看这种小职位的招聘广告干什么？”孟幻琪倒不是瞧不上这些小职位，只是她实在想不明白这能为此次背调带来什么帮助。

“奇公公司不是超市，可以随便出入……”时加宪淡淡一笑。

孟幻琪似乎明白了些什么，她但愿自己猜错了，讷讷地说：“你的意思是……”

时加宪点头：“奇公公司在招聘行政文员。你去应聘。”

“又让我做卧底！……我是说……这又不像探风公司，有陈总支持。这真要去应聘，我还没毕业，现在的经历又不能写，没工作经验，这怎么能行？”

在德才胜华的卧底任务还没结束，就又要被派去奇公做卧底！孟幻琪心里一阵苦笑。

时加宪笑了笑问道："你在学校没做过社会实践活动吗？"

孟幻琪只觉得眼前一黑，看来时加宪是打定主意让自己做这个"课中课"了。她有些沮丧地说："社会实践有是有，什么家教、短期促销、学生会的活动……"

时加宪点点头："不错，够了。咱们公司能要你，奇公就能。"

"我在这儿是实习生，奇公可是要正式员工……"

"你先做一份简历，过会儿给我。"时加宪说完就走了出去。

半小时后，时加宪拿着孟幻琪的简历，不禁皱起眉头。

这份简历非常标准。A4纸打印，背景印着浅色的底纹。很规矩地写着何时何地在哪里念书进行过什么社会活动。之后就是计算机二级和英语四六级证书、各种奖励证书扫描件。在页眉还写上了一句"给我一个机会，还您一份惊喜"。

孟幻琪还是很满意自己的作品的，不过见时加宪一副嫌弃的表情，她就知道事情不妙。

"说说为什么这么做简历？"时加宪说。

"没什么。我们就业指导课就是这么教的，同学们也都是这么做的。"

时加宪好像没打算给孟幻琪解释什么，问道："简历的作用是什么？"

这个问题让孟幻琪很纠结，她知道时加宪肯定有所指，但暂时还想不明白，于是按照之前的理解说："展示自己，体现自己，能让用人单位录用自己……什么的。”

“这都是就业指导课教的？”

孟幻琪瞪着大眼睛对时加宪无辜地点了点头。

时加宪无奈地叹口气：“这也怪不得你，你毕竟没在社会上历练过，教就业指导课的老师也不是HR。其实简历的作用只有四个字，‘赢得面试’！这才是它正确的定位。别指望仅凭一份简历就能让企业录用你。所以简历要做到简洁，一目了然，针对职位突出优势。还要做一些个性化的设计以区别于他人。”

说完时加宪下笔把电话改成：1××－××××－×××× 的格式。一边改一边解释说：“人阅读和记忆数字的能力与文字和图形比起来是最弱的，原来的格式容易让对方拨打号码的时候产生错误，改成这样会降低错误概率。”

他又嫌弃地划掉了页眉上的字，然后问孟幻琪：“你认为这句话现在有多少人在用？”

孟幻琪毫不犹豫地说道：“好多人。”

“那就等于没用。”

他又看了看这份简历，只把第一页留了下来，其余的都放在了一边。

孟幻琪不解地问：“怎么不要了？”

“他们在看简历时是不会在乎这些的。另外，”时加宪掂了掂手中的纸，“这只是一个样品，真正做出来要用更厚、更硬、更宽一些的纸。当然网投就不存在这个问题了。”

“干吗这么浪费？不要节约资源吗？”

“一张普通纸太轻、太薄，容易被吸附到上面较厚的简历背后而丧失了被阅读的机会。而且，当人在大量阅读枯燥的简历时，只有前 10 份简历，特别是第一份简历，才会认真阅读，越到后面，注意力就越弱。等到最后，看一份简历的时间平均在 3 秒左右。之所以加宽，就是让简历两边突出，吸引审阅者的注意，使这份简历无论被放在什么位置都能尽早被审阅。最后把你的个人经历做一下包装。”

“别！露馅了我可得吃不了兜着走。”孟幻琪把头摇得像个拨浪鼓。

时加宪又好气又好笑：“包装是突出你的优势，作个性化的展示。可不是要你造假！”

孟幻琪怀着不安和期待的心情，把简历投了出去。不出时加宪所料，10 天之后，她收到了面试通知。

“你要应聘的是行政文员。奇公的行政工作接触的事多、人杂，既要八面玲珑、又要承受委屈，工作压力也不容小觑。通常会由奇公人资部的许经理做最终的面试。她习惯于压力面试。最常用的两个问题你要是能扛住，那基本就算成功了。”时加宪说。他很早就已经研究过对方的资料了。

孟幻琪非常吃惊，她根本想不通时加宪怎么能把信息收集得这么细致。

“她会问什么问题？”

“你为什么选择我们公司？”

孟幻琪转瞬间就反应过来，时加宪已经进入角色。于是轻蔑地回答道："就这问题还有压力啊！我觉得这个企业很优秀，管理很正规。"

"你了解我们奇公是怎么管理的吗？"

"嗯——制度很规范。"

时加宪根本就没打算放过孟幻琪，这一系列的问题就是要刨根问底，让对方崩溃，哑口无言。他继续问道："你看过我们的制度吗？"

现在的时加宪有一种咄咄逼人的气势，让人无论怎么回答都觉得自己说的是错的。紧迫感油然而生："这个……你们的知名度很高。"

"有比我们知名度还高的。"

"……我相信企业给我的发展空间很大，能让我充分发挥能力。"

"我们企业有什么样的空间，能让你发挥什么样的能力？"

"我……我觉得，我很适合奇公。"孟幻琪慌不择言。

"能告诉我你适合什么样的企业吗？能说得具体些吗？"时加宪冷漠的声音让孟幻琪很是抓狂。

"我……我又没说一定选你们家，你这里不行，我就到别人家再试试……哎呀！这样不行！"孟幻琪想要拿起身边的椅子暴揍时加宪一顿。

时加宪看着孟幻琪气鼓鼓的样子终于露出了笑容："怎么样？还行吗？"

孟幻琪马上认怂。她明白，如果是时加宪，肯定能回答得滴水不漏。"这个先放这儿，不是有两个问题吗？那个是什么？"

时加宪在一瞬间正襟危坐，换回冷漠的语气："你应聘的这个岗位和你的专业不对口。你为什么放弃你的专业？"

“现在这种情况很多啊！又不是我一个！”

时加宪微微一笑，知道这姑娘果然又掉进圈套里了，继续问道：“用不上的专业你为什么要选择呢？”

孟幻琪一副可怜巴巴的样子：“当时我哪懂这些啊！没有想这么远。”

“是不是我也可以这样理解，你选择奇公这个岗位时，也和你当初选择你的专业是一样的状态？”从时加宪的表情根本看不出这是一场模拟面试。

孟幻琪一直皱着眉头，从这个问题开始的时候，她就担心陷入回答第一个问题的境地。但她发现事情似乎又一次失控了，讪笑着答道：“这怎么会呢？我现在毕竟大学毕业了！比那时候成熟。”

不想时加宪问：“那我们找一个年龄更大一些的不是更成熟吗？”

“那你怎么知道我做不好这份工作呢？”孟幻琪明知道这个态度不对，但还是控制不住。

时加宪笑：“这一点我不能确定，但我可以确定，学行政管理专业的会更适合。”

孟幻琪不禁问道：“专业有那么重要吗？”

时加宪表情更加严肃：“你耗费数年青春，花费父母数万元血汗钱，投入那么多精力，做的竟是不重要的事！”

孟幻琪快被激怒了：“你……你是故意的吧？”

时加宪终于不再折磨孟幻琪了，他开始耐心地讲解：“压力面试就是要考验你在压力面前调节情绪、冷静思考、及时应对、妥当处理的能力。答案本身并不是考量的第一位。你刚才情绪激动了，也就掉进了对方设的圈套。有两种方法应对，一是调节好情绪，与面试官做平等理性的沟通。二是，难度稍大，但效果更好——避开压力。”

奇公公司面试现场就安排在接待室里，面试官正是许经理。

许经理的年岁算不得大，但人看起来很严肃，甚至有点凶。仅是这副形象就能让很多刚刚毕业的学生乱了方寸。孟幻琪从看到许经理的那一瞬间就对时加宪佩服得五体投地，如果不是之前的演练，自己早就没了底气。

“你为什么要放弃你的专业？”许经理果然像时加宪说过的那样提出了这个问题。此时的孟幻琪微微一笑，淡定地回答说：“我从来没有放弃我的专业，但我的能力也不仅仅限于我的专业。”

许经理看着孟幻琪，表情变化并不明显，只是沉默了一会儿，示意孟幻琪继续说。

“大学不仅仅教我们专业知识，更重要的是培训我的专业素养和自学能力。通过学习专业课程培养出来的逻辑思维、语言表达、心理分析、流程设计等等这些专业素养，对做好现在我所应聘的工作非常有用，我相信您一定比我更了解。第二点，现在不是知识记忆的年代，而是知识检索和应用的年代，自学能力绝对会发挥巨大的作用。”一段话说得逻辑缜密，有理有据，不卑不亢。

想要避开压力，就一定要跳出对方事先设计好的逻辑链条，不能一味地跟随对方的节奏，如果单纯地跟着对方的思路回答问题，那就陷入了圈套。要学会在对方的问题中自己建立新的问题，从而引导着面试官按照自己的逻辑进行思考。当然了，最后也还是要对她的问题给予适当的答案。

许经理听到孟幻琪的话有些惊讶，但还是按照流程继续问道："招聘这个职位的企业不止奇公一家，你为什么选择奇公？"

孟幻琪心里乐开了花，到目前为止，许经理的问题都还没有超出时加宪的预测。她抚了一下前额的刘海，镇静地说："到现在为止，我还没想出一个拒绝奇公的理由。那您能给我一个拒绝奇公的理由吗？"

许经理沉默地微笑了。从业这么久，还是第一次听到应聘者这样提问。

几秒钟后，孟幻琪笑着说："看来您并不能给我一个拒绝奇公的理由。既然如此，那您只能给我机会喽！"

就这样，经过一场智慧的交锋，孟幻琪被奇公公司录取了。

她又一次开始了全新的任务。现在的她，已经褪去了当初的青涩和稚嫩。

奇公正在通过天影专猎寻猎一名融资总监，这说明奇公一定有大型融资项目。每当这时，大量的文件会涌向行政部。

行政部的郑欣正在向孟幻琪介绍工作。

"我们这段时间有个项目，大家都很忙。既然你今天是第一天来，就先……"郑欣环顾四周，要帮孟幻琪找些活儿。

孟幻琪早已发现桌上一沓文件，于是说："我先帮忙装订文件吧！"

“好的好的，”郑欣走上去为孟幻琪示范，“都已经分好了，直接装订就行。很简单，看懂了吗？但要认真，别订错了啊！”

孟幻琪笑着点头：“嗯，没问题。”

孟幻琪一边装订，一边观察这些文件，果然看到一份《新生产线的融资分析报告》，她迅速在这份资料中夹了一张纸条。

午饭时，孟幻琪趁着办公室没人，迅速找出那份文件，仔细看了一遍。

当晚，德才胜华猎头部经理办公室内，孟幻琪向时加宪汇报了情况。

“半个月前，奇公接到一笔大订单。总量相当于其目前年产量的15倍。但合约期仅为3年。奇公的生产能力根本完不成，所以他们必须扩大生产能力。但这样一来资金缺口太大，贷款的额度不能完全满足，必须融资。所以，他们现在急需一名融资总监。”

时加宪听完沉思了一会儿，说道：“我总觉得似曾相识。你不觉得吗？”

“什么？”孟幻琪没有想明白。

时加宪也自嘲地摇了摇头，随即摆摆手说：“算了，以后再说。先把现在的事做好。这么大一笔订单，是怎么签的？奇公的销售部门中有这样的人吗？你要仔细留意。还有，吴常和王晓红的背调工作已经基本结束，你那边有什么需要，他们可以帮你，帮你争取更多的时间和机会。”

奇公自从接了这笔大单后，上上下下都进入了备战状态。孟幻琪一大早就发现，几乎所有人都提前到岗，开始忙碌了。

她看似百无聊赖地随便逛着，来到了销售部门前。销售部里热火朝天，一位男士一边打电话一边往门口走，跟孟幻琪撞了个满怀。

“对不起对不起！”男士赶紧道歉，但并没有停下脚步。

这场小事故引起了另一名男员工的注意，他快步走到孟幻琪身边，关切地问：“你没事吧？”

“没事没事。”

男员工又问：“你找谁呀？”

“哦，我是行政部新来的，我叫孟幻琪。我们主任让我多走走，多学学。”

“哦！我听说行政部新来了一位美女，原来是你啊！你好，我叫刘宇！”

“那位呢？”孟幻琪指指打电话的男士。

“你可问对人了！那可是我们的金牌销售员！叫郭成涛，他自己都能完成公司全年计划的 30%。”

“哇！那个传说中的大单是不是他签的？”孟幻琪一脸崇拜。

“不是不是。”刘宇急忙摆手。

“那这么大的单子是哪位签的啊？我想沾沾仙气。”

刘宇笑着摇了摇头：“好像是自己送上门的，或者是老板签的。谁知道呢，反正不是我们销售部做的。”

傍晚，孟幻琪把白天发生的事跟时加宪详细地讲了一遍。时加宪不住嘀咕："不对啊！怎么会这样？"

"哪儿不对？"

"哪儿都不对……"

时加宪眼睛一闪，叮嘱孟幻琪："你先留意郭成涛的几个细节：他接私人电话时是不是小心翼翼，不想让大家听到他的通话内容；他有没有跟人谈论人才市场需求、薪酬动态和对其他企业的股票、财务报表、董事会等信息的话题；他在办公室的私人用品比如书籍有没有减少或消失；当销售部的人在谈论涉及关于公司的话题时，他是不是不参与；他有没有频繁请假，尤其是病假。他是金牌销售员，一定有年假，他每年的年假时间和今年的有没有不同。还有他穿衣服有没有什么变化。"

"这么多！"孟幻琪简直要被这一大串问题砸晕了，"这些能证明什么？"

时加宪很肯定地说："意味着他要跳槽。其他的事不用我说，你应该知道还需要什么。如果被我们言中，你去见'玄燕'。"

"玄燕？"

"就是燕子，古人叫它玄鸟。玄燕是候鸟，在大环境变化前，它能准确地预知，并会提前准备。和'水獭'一样，它也是猎手的'外脑资源'。"

似乎一切都已经在时加宪的掌握之中。

第二十三章　惊遇“玄燕”

孟幻琪在湖边室外餐吧的一个座位上等候着“玄燕”的到来。她面前的一杯深红色饮料，与落日美景相映成趣。

虽然有任务在身，但这并不耽误她享受优美的环境和轻松的氛围。悠闲的生活总是让人向往。

不远处，一辆高档轿车驶来，孟幻琪下意识地去看。车门打开，下来一男一女。两人同时看向孟幻琪。女子对身边的男人交代了几句，便一个人走过来。男人靠在车上，点燃了一支烟。

等女子在孟幻琪面前站定，孟幻琪才惊呼起来：“纪如月！怎么会是你！真是太意外了！”

没能在纪如月下车时就认出她，不是孟幻琪记不住老同学，而是纪如月发生了太大的变化。过去的纪如月很自卑很扭捏，而如今站在眼前的女子，身姿挺直、目光淡然、举手投足落落大方，浑身散发着说不出的魅力。

纪如月笑容满面：“是啊！快半年了。”

孟幻琪高兴得想抱着纪如月转几个圈：“你的变化也太大啦！哎，那么好的车和那个帅哥是怎么回事？”

纪如月没有故作神秘，而是用很平常的语气说道：“车和助理，全商集团每个副总都有。这是正常的待遇，只不过这个助理是我亲自选的。”

竟然在这么短的时间里做到集团副总，无论从什么角度来看，这都是一件不可能的事啊！孟幻琪无法想象纪如月是怎么做到的：“你简直神了！这也太疯狂啦！”

“你这反应我倒觉得奇怪，”纪如月笑道，“这可都是你和时经理的功劳啊！”

听到她这么说，孟幻琪有些尴尬。当初让时加宪帮纪如月做职业生涯规划，孟幻琪可是目的不纯，愧疚感至今还时常在她心头萦绕。

纪如月并不知道当初的事，不过即使知道了，估计现在也不会挂怀。

“当初我的确是用了手段才成功应聘成了全商集团总裁助理，但那时候时经理就告诉我，应聘成功才只是开始。我去上班的第一天时经理就让我再物色一名和我情况相近的人选。”

孟幻琪瞪着眼睛问：“那位总裁要两个助理？”

“但岗位只有一个。”

“嗯？”

纪如月见孟幻琪完全不知道这其中的细节，便详细地为孟幻琪讲起来：“时经理跟我说过，别看总裁夫人不在全商集团任职，但她可是拥有31%股权的大股东，我有总裁夫人这个后台，总裁不好随意辞退我。再说，这四年当你们花前月下的时候，我可是只专注于如何丰富和提升自己，为以后的职业生涯尽可能地做好准备。所以工作上他也是挑不出一点毛病来。这种情况下他只有一个办法让我离开他的视线，他夫人又无话可说。”说到这里，纪如月神秘一笑。

“什么情况？”孟幻琪好奇地问。纪如月笑眯眯地看着孟幻琪道：“我的职位变化，发生在入职的两个月后，我猜这两个月总裁大人肯定是度日如年。所以说两个月时间也算不短。他表扬我工作成绩出色、潜质很大，就把我提升为办公室主任。我刚当上这个主任时，工作量太大，根本就没时间和精力，也没条件关注总裁。可我的根基还很不稳，如果我对总裁夫人不再有价值，我还是会被辞退。”

孟幻琪听到这里才算是恍然大悟，兴奋地说道：“哦！我知道了，所以你在离开助理岗位之前，把储备的那个人介绍给了总裁夫人。”

纪如月点点头：“没错。我在介绍新助理去的时候，和总裁夫人说那是我的朋友，我们会一同帮助总裁减少工作压力，让总裁有更多的时间来陪她。我做了办公室主任后的一个月内，按照时经理教给我的授权管理、目标考核的方法，不但让整个部门工作效率提升了15%，还有更多的精力来关注公司的事务。就这样又过了两个月，我接到了第二份通知。”

“副总！”孟幻琪像在听一个传奇故事。

“是的。但时经理告诉我，这绝不是什么好事。虽然只是挂名副总，没有实权，但对于一个职场新人，这么短的时间就获得了这个身份，集团上上下下有多少只眼睛在盯着我！有多少人认为不公、心生埋怨！这就是总裁设计的，把我举到风口浪尖，让我无法承受，既逼我主动离开，又让他夫人什么都说不出来。这就是‘捧杀’。

“总裁认为我坚持不了几天，但时经理也告诉过我，‘危机’既是危险，也是机遇，要‘顺水推舟’‘将计就计’。我用在做主任时积累下来的经验，再加上对全商各部门的了解，以副总身份主动帮各部门解决工作上的实际问题。专动别人不好出面、容易得罪人的、集团长期出现的、总裁也想解决但又左右为难的问题。总裁的弟弟是采购部的负责人。除了销售的商品，一切办公用品、后勤物资都由他来采购，他长期购进低质、价高的用品和物资，自己吃了大量回扣。总裁心知肚明，总裁夫人也颇有意见，但碍于总裁母亲的关系，一直睁一只眼闭一只眼。这在全商已经是公开的秘密。我就拿这件事开刀。

“我拿到了采购数据和他弟弟吃回扣的证据。其实这也不难，采购办公用品和后勤物资的记录，这些都有存档。以时经理的背调手段要拿到送回扣人的证据也不是难事。就这样，我要‘替’整个全商做这个手术了。事情一开始，以前反对我的人都变成了‘观望’的态度，总裁也默认了。

“说实话，他这位弟弟真是不得人心啊！没有一个人替他说话。他母亲找到总裁，总裁就推到我身上。老人家来找我，我就拿出了她儿子所有罪证，真的是罪证，因为已经构成了职务侵占罪。在面临离开全商还是牢狱之灾的选择时，他母亲也只能妥协。从此以后，再没人对我这个副总的身份提出过任何质疑。”

孟幻琪眼中闪着泪光，她紧紧握住纪如月的手：“如月，你太不容易了！”

“生存哪有那么容易的事呀。真的感谢时经理在每一个步骤和节点上都肯帮我。后来，我还以副总的身份建立了一些外部关系。以后有时间再和你说吧。总之，直到那个时候，我的工作能力得到全商的公认，总裁也看到了我的真正价值——我的根基这才算是扎稳了。”纪如月坐在那里，笑眯眯地说着，好像在讲述别人的故事，这里面的辛酸和艰难，只有她自己才能真正体会。

孟幻琪擦了擦眼泪，想想又问道：“你去做了副总，难道接替你的助理又做了主任，然后她又找了一个接替者？”

纪如月听孟幻琪这么说，笑出声来：“总裁上过一次当了，怎么可能再让人第二次得手？接替我的人还在做总裁助理。我现在又回到了办公室主任的岗位，只不过兼着副总。而且啊，现在业内有这样一个消息，说我们总裁只注重内在的工作能力和人品，不看重外表，是一个真正能做大事的人。总裁夫人也对他越来越放心，家庭和睦得不得了！社会名誉好了，客户就更信任他了，全商的业务比以前增长了近三成。”纪如月咯咯地笑着，对于这样一个结局，她自己也是满意得很。

孟幻琪跟着笑起来：“这简直就是在拍电影嘛！太传奇啦！”

“要说传奇，也是你和时经理缔造的。时经理让我真正相信了他的那句话——任何问题都能解决。如果没有解决，是因为我们暂时还没有找到办法。你们不单成就了我这样的人，还成就了全商现在的业绩，也成就了总裁和他夫人的幸福，也许你们做的还有更多。所以这是我回报你和时经理的机会。”

孟幻琪突然想起，她今天的任务是会见“玄燕”。而纪如月显然就是那个“玄燕”。

“哦——我总算明白了！”孟幻琪很是激动，与老同学一起共事，这感觉不错，“你今天有什么消息要告诉我吗？”

“全商对大多数行业的市场分析能力都很强。全国 DU8Z 的产能总量是 1900 万盒，需求量为 1835 万盒。奇公目前的年产能占据全国总额度的 5.7%，如果在这个基础上产能增加 15 倍，就占全国产能的一半还多。而与奇公签约的代理商黑及卡的销售总量目前占到了全国需求总量的近 50%。也就是说黑及卡一旦与奇公签约，奇公就会成为黑及卡的唯一供货商，黑及卡也将成为奇公唯一的代理商。两家企业就可以控制全国二分之一的市场。”

孟幻琪并没有发现其中有什么问题，于是问道：“这好像很好啊！有什么不对吗？”

纪如月摇摇头，继续说：“按照常理，像黑及卡这么强的市场渠道资源，一定会锁定两到三家的供货商，以便形成良性竞争，同时互为备份。如果有哪家经营、管理不善，也不会影响黑及卡的货源。还有，黑及卡从来不只做一种产品，你知道，任何一种产品都有生存周期，如果只是单一经营，抵抗市场风险的能力就会很脆弱！”

孟幻琪听了纪如月的话脸一红，知道自己还是把事情想得太简单了，但更多的细节她也想不通，就直接问纪如月：“你的意思是？”

纪如月的回答也非常直截了当：“除非奇公和黑及卡合并，否则黑及卡不会这么做。当然这种合并目前对黑及卡并没有意义。”

孟幻琪彻底晕了，事情的发展已经完全超出了她的预期，不禁感叹道："这到底是怎么回事啊？"

此时，纪如月只是微笑着，关于内中隐情，她也不能轻易下结论。

和"玄燕"分开后，孟幻琪立刻赶回德才胜华与时加宪见面。今天，她有太多的疑问需要时加宪帮她解答。可是还没等她开口，时加宪就先问道："郭成涛最近关注的是哪家企业？"

"生柯公司。"

时加宪听到生柯公司的名字，微微一笑，对孟幻琪说道："你还记得我说过——'似曾相识'吗？"

孟幻琪结合今天纪如月所说，似乎明白过来。

正在这时，突然传来十分急促的脚步声。吴常和王晓红推门而入，怒气冲冲。

吴常看到孟幻琪的一瞬就冲了过来："我说孟幻琪，你在奇公干的是一个……不！是两个正常人干的活吗？人家干活要钱，你干活要命！而且要的还是我们的命！"

时加宪被吴常逗乐了："行了，不用做了。"

王晓红不敢相信自己的耳朵，小心翼翼地问："老大，你……你是让我们休息后再做，还是再也不用做了？"

"奇公的融资计划是个圈套，没必要做了。"

"您怎么不早几天告诉我们啊！"吴常哭天抢地。

“早几天！早几天我哪知道啊！”孟幻琪在奇公的一个僻静角落，面对激动的郭成涛喊道。

郭成涛赶紧降低声音：“对不起，这个消息对我来说太突然了。你确认这是真的吗？”

孟幻琪非常严肃地说：“这种事能开玩笑吗？”

郭成涛苦着一张脸：“那我该怎么办？”

奇公公司董事长办公室内，董事长、许经理、孟幻琪、郭成涛和邢副总表情严肃，气氛紧张。董事长一直用指尖敲着桌子，过了很久才开口：“孟幻琪，你知道这件事的严重性吗？”

孟幻琪倒是不怕董事长的这种气场，很自然地反问道：“董事长是想问我能不能确定吧？”

“我是与长期合作的黑及卡本地区负责人确定的。这个不会有假。”邢副总言之凿凿，信心满满。

孟幻琪同样也非常有信心：“人当然不假，但他被生柯收买了。他们共同策划了这场阴谋。他们利用了奇公急于扩大规模的心理，并以黑及卡本地区负责人的真实身份，一边诱使我们上当，一边釜底抽薪挖走我们的金牌销售员。目的可能是并购，或者搞垮奇公。”

邢副总面对这样的消息，脸上的震惊无论如何也掩盖不住，他急切地问道：“你还有更充分的证据吗？”

孟幻琪听邢副总这么问，低头看了看手表：“来了。”

办公室里的传真机开始接收文件。接收完毕后，许经理赶忙拿起交给董事长。也正在这个时候，董事长的手机铃响起。董事长一边接听电话，一边盯着文件："你好。是的，我正在看……好的，谢谢你们……好……我和您一样……真的很及时……好，我们再联系。再见。"

董事长放下手机，见众人都一脸急切地望着自己，语气沉重地说道："黑及卡 CEO 亲自打来的电话，证明黑及卡对奇公从来没有这样的计划。本地区负责人已被撤职，公安机关已经介入。这是黑及卡总部传来的资料。"

董事长将资料拍在桌面上，起身走到孟幻琪面前对她说："你刚刚来奇公，就立了这么大的功。我要给你奖励。但我觉得……"

"我是猎手。"孟幻琪脱口而出。猎手这个身份让她感觉到从来没有过的骄傲和自豪。她不顾众人的惊诧，继续说道："请各位配合我一件事，黑及卡的事情败露了，但生柯要挖走郭成涛的事，他们并不知道已经失败，请不要让对手察觉。"

孟幻琪又拿出几份文件交给董事长："这是我这段时间在奇公获得的材料，全都在这儿，没有任何备份。处置权交给您了。如果在保密期内，包括我在内的任何相关人员有泄密行为，您随时可以追究我们的法律责任。"

第二十四章　浮现

关于天影专猎客户的背调任务终于完成，但事情还远远没有结束。当天晚上，时加宪、吴常、王晓红、孟幻琪又聚集在会议室。

吴常疑惑不解："从天影专猎案子的质量来看，他们最基本的客户背调和职位分析都没做好。我就奇怪了，这些老板怎么会接受这样质量的猎头服务呢？"

王晓红也皱着眉头说："我也感觉天影专猎的猎手不是很专业。"

孟幻琪并不关心这家猎头公司好不好，时加宪那句话始终在她脑海中徘徊，她想了很久也不确定自己的想法到底对不对，于是问道："时经理，您之前和我说奇公的案子似曾相识？"

时加宪淡淡地说出了两个名字："星海巨能和擎帆高科。"

吴常听罢一激灵，恍然大悟："哎！对呀！自从那个案子后，天影专猎希望德才胜华收购他，生柯对奇公下手……"

王晓红也肯定地说："这里面一定有问题。"

孟幻琪猛然一惊！额头渗出了汗珠。她心里清楚，自己把星海巨能和擎帆高科的资料给了张韬。很明显，这些情报只能是张韬泄露出去的。她的内心突然充满了愧疚，也充满了疑惑，张韬明明只是个记者，而且他的目的是揭露猎头行业黑幕，为什么会把这些消息泄露出去，并用在这些事情上呢？

孟幻琪正想得投入，时加宪突然让她谈谈看法，这可把她吓了好大一跳！俗话说做贼心虚，这句话现在放在孟幻琪身上算是恰如其分，她结结巴巴地说：“我……我还没想好。我还是个新手……还有好多东西需要学习……”

“我尽量教给你需要的，但是，”时加宪稍稍停顿一下，望向孟幻琪的眼睛，“你的使命不是做猎手，而是接手孟氏。”

这句话如炸弹般在孟幻琪头顶炸响，惊得她目瞪口呆。

时加宪居然知道自己的真实身份！他是什么时候知道的？他怎么可能会知道？自己是怎么暴露的？这些问题一个接一个涌入孟幻琪的大脑中，令她感到窒息。

“你别紧张，”吴常见孟幻琪吓成这样，哈哈一笑，“其实你的身份我们早就知道了。我们是想帮你。”

这句话更让孟幻琪感觉天旋地转。原来所有人都知道自己的秘密，偏偏自己还自我感觉良好！孟幻琪体会到了什么是恼羞成怒。她竭力控制着情绪，让自己保持冷静。

王晓红走过来，将手轻轻搭在孟幻琪肩上：“在你换上蓝衬衣、梳起马尾辫的时候，时经理就有所察觉了。他暂时让你回到营销部，是因为他觉得事情有些奇怪。我们做了一番调查后知道了你的真实身份和孟氏的情况。”

吴常接过话题说道：“其实有很多线索足可以让你发现真相，但你过于专注对付老大，所以被一叶障目。你想，任丽能在孟氏这样的企业做总裁助理，能力可想而知。程东事件发生后，她第一时间启动公关程序，成功将媒体的注意力转移，平息了事件影响。而唯独张韬突然出现，并且还做出了没有预约和肆意拍照等一名资深记者不该有的行为。这个疑点任丽会忽略吗？何况张韬说请任丽为他预约孟总进行采访，而事后再也没提及此事。你是孟总唯一的女儿，她为了历练你，让你过着一般女孩的生活，但这并不代表她不关心你。你和张韬接触，她能不察觉吗？会不调查吗？还有，你当初接到孟氏出事的电话，是谁打给你的？你想过没有？是不是张韬？孟氏虽然遇到了这次危机，你母亲的精力被牵扯，但并不代表顾及不了你。你来做卧底这样的事，孟总怎么可能放任不管？孟总再忙，也必然会想办法弄清楚程东异常离开的真正原因。怎么会让你一个小姑娘来复仇？你的确有才，可以说天资非凡，但你毕竟还年轻，跟老大比，怎么可能有胜算的机会。他凭什么一而再再而三地迁就你，付出那么多耐心和精力陪你玩？你没想过吗？还有，你一名还没毕业的学生，那么轻松就成了销冠！刚到咱们部门竟然一周签三单！这不可疑吗？再回到你和张韬认识的时候，怎么这么巧呢？孟氏高层开会，你接到电话；张韬去了，你一翻他相机，就发现了程东和老大的照片。你没看出来那照片是 PS 的？”

孟幻琪满脸通红。被当面指出了这么多漏洞，她简直想找个地缝钻进去。

时加宪的表情一如既往的平静，嘴角甚至还有一丝不易察觉的笑：“以我对你的了解，如果我当时辩解，你不会相信。其实也许这是一件好事，怨恨也是让你成长为孟氏接班人的一种动力。另外，很多问题还没有答案，比如：张韬为什么要选择你？他的真正目的是什么？程东离开的真正原因是什么？据我们和孟氏目前掌握的线索，程东事件非常复杂。张韬是一条重要线索，不能打草惊蛇，而你需要继续与他合作。”

孟幻琪眉头紧锁。她对付时加宪的唯一原因，就是程东的离开。可现在如果时加宪都洗脱了嫌疑，那她把这件事继续下去的目的是什么呢？况且事到如今，她真的不知道该怎么面对这些相处了半年多的人。

“程叔叔真的不是你挖走的？”她小心翼翼地确认。

还没等时加宪回答，牛总的声音就从会议室门外传来：“猎头行业也是有规则的，我们是不会违反‘保护原则’的。”牛总一边说着，一边走进门。大家都站起身来向他问好。牛总落座，示意大家坐下说话。

孟幻琪很清楚牛总说的是什么，但一时间不敢相信自己的猜测。此刻面对这位慈祥的老人，她十分愧疚，也十分心虚，但看到牛总充满善意地望着她，便鼓起勇气问道：“牛总，您说的这个‘保护原则’就是‘猎头公司对自己客户承诺不挖他们的人’的行规吧？这么说孟氏是德才胜华的客户？德才胜华为孟氏挖过人？”孟幻琪从没听说孟氏跟猎头有什么联系，否则也不至于在接触张韬之前根本不知道什么是猎头。

牛总没有直接回答这个问题，而是反问道：“你为什么随母姓？听说过宙顶集团吗？”

牛总的话让孟幻琪更加糊涂。

“我对父亲没有印象。这和宙顶集团有什么联系吗？”

“你的父亲和母亲相识的时候，改革开放刚刚开始，你母亲敏锐地察觉到中国将要发生的巨大变化，果断下海从商。最初你父亲并不同意，但是后来见到你母亲获得成功，每天又非常辛苦，就下决心跟你母亲一起创业。两个人干得不错，经过几年奋斗，他们迎来了事业的快速发展。当然啦，也迎来了他们感情的圆满——他们结婚了。一年之后，你就出生了。而在你两岁多的时候，你父亲就像变了个人，突然提出要和你母亲离婚，然后断然离开你们母女，从此杳无音信。

“你母亲是个伟大的女人啊！她一边努力支撑着孟氏的生意一边还要尽力地照顾你。非常不容易啊！你的母亲恨你父亲，就让你改姓‘孟’了。不知道你还记不记得，你十几岁时，她劳累过度，患上了坐骨神经痛，当时她一心忙于事业，使用激素止痛，结果剂量太大了……唉——”牛总深深叹了口气。

孟幻琪泪流满面。她怎么会不记得当年的事情？母亲一个人既当爹又当妈，把自己的生活照顾得妥妥当当，又让孟氏不断发展壮大，其中受了多少苦又有谁能知道。都说孟氏是全国有名的大企业，有个霸气的外号“孟半城”，但“罗马不是一天建成的”，孟氏也不是一天就做大的。它凝聚了母亲太多的心血和辛酸。

“我由于业务关系认识了你母亲。她是一个让人敬佩的人，我们逐渐成了很好的朋友。程东原来是一家国有企业的科长，思路灵活、观念超前，但也正是因为观念太超前，总是积极地宣扬改革，最终被排挤下岗。那时他来到我原来的公司，我发现他是个难得的人才，觉得在孟氏这样的企业会更有利于他的发展，况且，当时的孟氏也需要程东。就这样我一不留神，做了人生中第一回猎头。他去孟氏后，如虎添翼，你母亲也得到了很大的帮助，就这样孟氏走到了今天。后来我改了行，做了咨询行业。而七年前，你母亲发现宙顶集团的 CEO 正是抛弃你们母女多年的人。”

“我父亲?!”孟幻琪非常震惊。

牛总无奈地点了点头，说道：“是，当时你母亲无法控制自己，这么多年的委屈和怨恨让她绝不能容忍宙顶的存在，于是她就找到我……”

“我明白了，这就是七年前宙顶事件的原因。那我父亲呢?”

牛总无奈地摇了摇头：“再一次没有理由地消失了。”

“怎么会这样?”孟幻琪的惊愕中又添上了深深的失望。抛开父母的恩怨不谈，作为女儿，她一直渴望着父爱。如今旧事重提，她激动异常。

关于孟幻琪的生父，牛总也实在没有更多的消息了。

“猎手这个职业现在还总是被人误解，我虽然和你母亲私交甚好，但我们尽量不在公开场合见面。这也是对你母亲的一种保护。猎头的事你母亲从来不说，尤其是宙顶事件牵连到你的父亲，她就更不愿意说了；孟氏的事，我也从来不讲。你小时候见过我，但你已经忘了，长大的你自然就不认识我。但这并不影响我再次帮助你母亲和孟氏。

刚才吴常提出的那些疑点，你现在应该都有答案了吧。”

牛总说完，笑眯眯地看着孟幻琪。

孟幻琪思索了一阵：“难道这一切都是……”

“对，都是你母亲和我商量后的意思。她想借助这个机会，让你得到历练。但有一点很意外，事情的发展远超预期。因此，我们又有了新的想法……”

“呀！糟了！张韬要把你们曝光啊！我……我把这段时间发生的事都告诉他了！材料我也给他了……我……对不起……”孟幻琪手足无措，满脸悔恨。而房间里的其他人都面带笑意地望着她。

孟幻琪在上次和纪如月见面的湖边餐吧约见了张韬。

张韬一见到孟幻琪，就露出了一个大大的笑容：“有新消息了？”

孟幻琪完全不在乎张韬满脸堆笑，也没想着要起身迎接一下他，只是淡然地说道：“比起今天的情报，之前给你的不值一提。”

张韬听到这个消息高兴得无以言表，不由催促道：“快说快说……”

“别急，淡定！耐心听我说完。这段时间我逐渐发现，猎头这一行是个非常不错的行当。挖一个人能得到其年薪30%的佣金！那些人个个都是高薪！上哪儿找这么好的买卖啊！还有，你是记者，身份特殊、关系广、地位高、行动还很方便，我想开一家猎头公司，咱们合作怎么样？”

孟幻琪表情严肃，让张韬有点搞不明白状况：“孟大小姐……开什么玩笑?”

孟幻琪板着脸:“你看我像开玩笑吗?我生在商人家庭,商业基因那是遗传的。我想了,要是把这些情报曝光,我们孟氏的损失一分钱也补偿不了,最多就是出出气。要是用这些情报来赚钱……你知道我的脾气,我想干的事,谁都挡不住。”

张韬怎么也没想到孟幻琪经历这半年多的历练,对猎头的想法竟然发生了如此天翻地覆的变化!

“这也太突然了!咱们不是说要揭露……”

“行了你可别装了!天影专猎不就是你的公司吗?”

“什么?你……”张韬僵在那里,瞠目结舌。

孟幻琪看着张韬现在这副模样,再联想到当时的自己,不禁莞尔:“没错,我都知道了!淡定。至于我是怎么知道的,是你告诉我的!”

张韬完全不知道自己该说什么。

“事都做了还有什么不敢当的呀!听我说。自从我进入德才胜华后,无论是在营销部还是在猎头部,所有的客户资源都是你给我的,还帮我成单。一个记者就算是关系再广、人家再给面子,也不可能这么快、这么多、这么高效吧?还有,我刚把星海巨能对擎帆高科并购的情报给你没多久,天影专猎对德才胜华、生柯对奇公就上演了如此相似的一幕,而且还都和天影专猎有关系。这个操作技法我只告诉了你。不能这么巧吧?我追踪了奇公郭成涛的寻猎电话——那不是生柯的人,是你们天影专猎的。我进入德才胜华每一个细节都是你设计的,这与时加宪安排我去其他公司做卧底的手法非常相似,还有,你用猎头名词用得又自然又熟练，不像是采访多了这么简单。当然还有很多，我就不多说了。以上这些让我确定你一定是猎头圈里的人——只不过，这是你的第二种身份。你还有什么可说的吗？”

随着孟幻琪把一件件事情说破，张韬把一脸无辜换成了冷冷的笑。

“没错，我就是天影专猎真正的老板。我想通过你打入德才胜华来了解时加宪对案子的操作技法。”张韬索性痛快地承认了，他挑衅地看向孟幻琪，那表情好像在问她能拿自己怎么样。

话都说到了这个份上，孟幻琪也没有必要再揪住对方身份不放，而是转移话题问道：“要说我恨时加宪，那是因为他对孟氏下手结的仇，你和他也有仇？可别说就单单是因为他人品不好。”

张韬盯着孟幻琪，脑子飞速运转。他该说些什么呢？

“你说可以，但可得想好了，”还不等他想好，孟幻琪就又开口了，“你现在要告诉我的事，是为了我们继续合作；你之前对我说了什么，我以商人的角度可以理解，那是你达成目的的手段，我可以既往不咎。但你再要告诉我别的消息，我希望你能拿出诚意。要说实话，还要说完整，假话、半截话现在骗不了我。因为柳鑫都告诉我了。你通过帮她当上销冠，让她和你在一起，对吧？她对你的底细了解多少，你不会不清楚吧？想好了再说，或者什么都不说。”

自从上回确认张韬认识柳鑫，孟幻琪就暗自开始了对柳鑫的“背调”。通过德才胜华的几位资深员工以及柳鑫的朋友，她知道了柳鑫与张韬的一段“孽缘”，又从柳鑫口中套出了一些信息。

七年前，刚毕业的柳鑫来到德才胜华实习，因为工作努力成绩好，很快就转正了。那时时加宪还不是猎头部经理，而是营销部经理。当时公司准备将猎头业务正式立项，牛总想以公司的其他业务为基础，来支持猎头业务的起步。但公司没有人做过猎头，大公司的猎手又不愿来，一切都要从零开始，大家都不看好这个项目。不过牛总倒也没考虑其他人的意见，而是把希望都寄托在了时加宪身上。时加宪是牛总的创业骨干之一，也就兼任了猎头部筹备组的负责人。

那段时间，张韬在做一个就业专题的采访，碰巧找到了德才胜华，机缘巧合知道了猎头这种业务，也和柳鑫相遇了。他对柳鑫很好，用他的身份和关系帮了她很多忙。柳鑫成了销冠，也成了张韬的女朋友。

一年后，时加宪完成了几笔猎头单子，也是从那时候，大家才对猎头有了兴趣。柳鑫和张韬说起这件事，于是张韬就想找时加宪做采访。可时加宪以商业机密为由拒绝了，只说了一些业内通用的常识。他不甘心，为了有所收获，他开始利用柳鑫……

“其实……”张韬沉默很久，开始了他的讲述，“你要知道，猎头这个行业，我是因为七年前追踪宙顶事件，才无意中得知的。这个行业给人一种神秘感，而我又特别容易好奇。有一天我无意中拍到了宙顶一名工程师和德才胜华牛总会面的照片。因此我把重点锁定在了德才胜华，以采访德才胜华为由接触到了牛总。不过牛总是个城府很深的人，在他身上我没得到任何想要的东西。于是我又把目标放在了时加宪身上，但他同样没有透露宙顶的任何消息。不过这些都已经不重要了。因为这一切，帮我打开了另一扇大门——就是刚才你一开始说的，开家猎头公司。

“但当时我只是有这个想法，并没有决定。直到时加宪在质疑中筹建了猎头部，看到他那么快盈利，我就决定了。我多次找到时加宪，想请他和我一起干，但他始终拒绝我。无奈，我只能找别人合作。以我的身份和社会关系，签单不是难事。但在这七年中，很多案子不是这儿出问题就是那儿出问题，这帮笨蛋还找不出原因，更不用说解决了。天影专猎这么多年也没赚到什么钱。反而时加宪回到德才胜华后越来越强！”

“所以你需要一名卧底来得到他们的商业机密。之前我们能合作，都是你一步步设计的。”

张韬被揭了老底，但孟幻琪又没有丝毫责备之意，这让他反倒不知如何是好，只能道歉。

“我又没怪你，”孟幻琪一笑，“我还得感谢你呢！咱们还是按原计划进行。但是合作的事要变一变，我要投资，要有股份！”

张韬听孟幻琪这么说，显得有些兴奋：“嗯……没问题。这是你应得的。对了，你怎么知道生柯对奇公的事？”

听张韬这么问，孟幻琪更加轻松：“我要是不查这些，怎么和你谈价钱？放心，只有我知道。”

孟幻琪的表现让张韬对时加宪更加佩服，但忌惮也更加深了：“没想到这么短的时间，时加宪把你教得这么厉害！这个人……”

“这个人不能为我所用，就必为我所灭对吗？”不等张韬反应，她就继续说道，“七年前你让柳鑫为你做了一件事，我相信你是不会忘的。柳鑫了解时加宪，她想通过刺痛时加宪，让他反感，从而留住我这个销冠，所以她让我穿上蓝衬衣，扎起头发……”孟幻琪用一种玩味的眼神看着张韬。

“这个你也……”

“对，这个我也知道了。不过，我很感谢你。知道这些我很解气，毕竟他是我的仇人。”

张韬暗暗松了口气，又无奈地说道：“自从接触时加宪之后，我就发现他是个很另类的人，他居然总想着什么从一而终。我承认，在忠心这一点上，他是比我强，但这恰恰也是最能毁掉他的弱点！”

“所以，在你怎么都争取不到时加宪后，就让柳鑫把一个女孩安排到了猎头部。在他们感情‘最好’的时候，你利用那位英国金融界人士猎聘私人助理的机会，设计让时加宪离开德才胜华，又让那个女孩消失。你想毁掉他。”

张韬点点头，算是承认了孟幻琪所说的一切，但又咬牙切齿地说：“可是，没想到若干年后他又活过来了。爱情死了，可工作能力比以前更可怕。”

“毁不掉他，就把他身上的油榨干，为我所用。”说着，孟幻琪从包里拿出一个 U 盘，“这是我这段时间得到的资料。记住——天影专猎有我的股份。”

与张韬告别后，孟幻琪来到停车场，时加宪、吴常和王晓红正在车里等她。

“你怎么还把老大的伤心往事给套出来了！这不在计划之内呀！”

吴常小声责怪。

“我要挖出真相嘛……”孟幻琪刚要往下说，只见王晓红指了指沉默的时加宪。

“时经理，对不起啊！”孟幻琪一脸真诚。

时加宪淡淡地说：“说什么对不起，你做得非常好。超乎想象。”

“可是……”孟幻琪心有戚戚，她想说点什么，却被时加宪给打断了。

“都过去了。没多久你就要毕业了，我要送你一份毕业礼物。”时加宪说着，又恢复了状态。

“毕业礼物?!”孟幻琪不敢相信自己的耳朵。

“对你进行特训。一定要在两个月后让你挑起孟氏的大梁！”时加宪用一种平淡的语气说了一句惊天动地的话。

孟幻琪愣住了，过了好一会儿才喃喃道：“别开玩笑啦，怎么可能！”

之前时加宪说过让她“接手孟氏”，但那时她正处于身份被揭穿的慌乱，忽略了这句话的意义，后来想起，也只认为是很久之后才会发生的事。这次时加宪旧话重提还目光坚定，让孟幻琪陷入了迷惘。

吴常看看她，很认真地说：“怎么不可能？这段时间你已经充分表现出了这方面的潜质。再说纪如月现在不也是副总了吗？”

“她没实权！……”

“你母亲在你这个年纪的时候，已经有自己的工厂了。再说，老大是认真的。这也是你母亲和牛总的意思。”王晓红用非常肯定的语气说。

“这种事，还得通过董事会选举，我不可能通过的！”

“你母亲是孟氏最大的股东，有绝对控股权。她已经为你铺好路了。”

孟幻琪看着时加宪严肃的表情，回想着时加宪每一次创造的奇迹，不知还能说些什么。为了避免尴尬，也为了平复心情，她换了一个话题：“刚才给张韬的资料，他看不出问题来吧？”

“看不出来。”

吴常替时加宪解释道：“因为那些资料都是真的。”

孟幻琪一听就急了：“真的？！你疯啦！你明知道他……”

“给真资料是为了充分吸引他，让他没有精力和时间回想你们刚才的会面。毕竟时间仓促，计划难免会有漏洞。还有，真资料会让他对你更加信任，可以让我们的计划进行下去。”王晓红赶紧安慰她。

“这也太便宜那小子了！这可是时经理多年的心血啊！”

“宙顶集团，你父亲，程东，这些都有答案了吗？”时加宪转换了话题。

提及往事，孟幻琪情绪低落。她没有回答。

“当初你误会猎头的原因，除了它本身的隐蔽性造成的神秘感以外，还有一个很残酷的现实。保守估计，现在 80% 的猎头公司和猎手都是不专业的，就像天影专猎。一线城市更是恶性竞争。刚刚入行的人极少经历过专业培训，从第一天就没完没了地打很难能保证质量的电话，与其说是做猎头，还不如说是话务员。最终千军万马都成了不专业、不规范猎头操作模式下的炮灰。不单伤了自己，也损害了整个行业。

“那些不专业猎头公司的老板，认为猎头是个低投入、高回报的行业，只是给企业找到想要的人，就能赚得高额佣金，所以进入猎头行业来搅局；而那些接受这种服务方式的客户，就是造成这种局面的最大根源。他们一味地要猎手为他们挖人，却不理会猎头行业价值的本质。

“在不专业、不规范的需求下，整个猎头行业陷入相互竞价、删减流程、专业缩水等恶性循环！我们不怕竞争，怕的是失去正确的规则。如果张韬能把这些资料的精髓参透，猎头行业能多一家专业的公司，那也是好事。”时加宪一脸凝重。

“可他那样对你，你还……”孟幻琪还是气不过。

“你热爱自己的祖国吗？”时加宪突然笑了。

“当然，但这和我们说的有关系吗？”

“无论是企业还是国家，核心竞争力都是人。日本资源匮乏，但GDP长期名列前茅，靠的是什么？人——人才机制、人的素质、人才能力、人的敬业精神……企业80%的问题都出在人的身上。

“我们猎头被大多数人理解成人才中介，仅仅把我们限定为寻找并推荐某某人。可猎头的本质是高端人力资源咨询。‘以人为核心’，上到人才战略的制定，下到人才的识别、培养、去留等问题都是我们猎头关注的要素，这些更是企业需要的帮助。当多数企业的人才机制优化、人员素质大幅提升时，咱们国家才能真正强大。”

时加宪的声音微微颤抖，他有些激动。这是他在员工面前第一次吐露心声，而说出这些话，也冲淡了他压抑的心情。

孟幻琪从来也没有想过，在时加宪看似冷漠的外表下，隐藏着这样一颗炽热的拳拳之心。

时加宪在孟幻琪眼中的形象已经完全颠覆。他再也不是曾经那个“挖墙脚”的卑鄙小人。时至今日，孟幻琪也说不好自己对时加宪的真实感觉，是敬佩？是尊重？抑或是仰慕？

“好了幻琪，别想了！有更重要的使命等着你！明天就开始特训了。”王晓红拍拍孟幻琪的肩膀。

第二十五章　化茧成蝶

孟氏集团是一家涵盖多个领域的大型集团，运营难度超乎想象。孟幻琪想要在短时间内获得管理它的能力，挑战可想而知！但时加宪似乎并不担心。

“要想做好一名企业领导者，重点要做好三件事。一是组建你的团队，虽然孟氏现在的管理层早已形成，但还要不断地培养新人、储备人员，防止人才流失。下面的人有提升空间，上面的人有危机意识。二是确定正确的企业发展方向和经营策略。所以你一定要有准确的分析能力和判断能力——就是你的识别能力。三是管理好你的直接下属。要记住任何企业都有问题，而且永远都有问题。员工存在的价值就是他们能去解决这些问题。企业 80% 的问题都是出在人的身上，人员管理是企业管理的核心。优秀的人才和有吸引力的人员管理，就是一个企业的核心竞争力！”

一名出色的猎手，一定是一名优秀的职业经理人。时加宪正在将他多年的知识和经验，以最直接的方式传授给孟幻琪。

“企业发展有三个时期，一是原始资本积累时期，这一时期的管理方法重点是基本的原则和人情；二是规模化发展时期，这一时期的管理重点在制度；三是资本运作时期，就是孟氏现在的状态。管理的重点方法是文化。这三种方法不是单一适用，而是同时存在，各有侧重。

“说到企业文化首先要知道什么是文化，文化不是一句口号，也不是一条标语，更不是挂在墙上、锁在柜子里的各种规章制度，而是贯穿在一个人和一群人行为模式中的价值观。比如说，你知道尊老爱幼，也知道社会公德，更明白对错是非，但在公交车上明明自己有条件让座，但就是不给需要帮助的人让座，这就说明你是一个有知识但没文化的人，或者说你没有一个与你的知识对等的文化素养。用文化管理企业是企业管理的最高境界。”

孟幻琪精神饱满，认真聆听。

“一个企业所有的问题，归根结底就是老板的问题。企业的最高层不必是专才，但必须是通才，最关键的你要懂得用人之道。你不可能在企业的每件事上亲力亲为，你需要知道什么人能做好什么事，并且如何让他去做好这件事。所以一个企业的老板就是最大的HR。

“刘邦出身平民，曾自评‘智不比张良、勇不如韩信、才不敌萧何’，他为何能在楚汉相争之中赢得天下？后人总结了他六大用人之道：一、知人善任。这是讲到领导艺术时经常提及的词。刘邦赞张良、萧何、韩信，说‘三者皆人杰，吾能用之，此吾所以取天下者也’。知人善任，首在于知人，其次是善任。知人当中首在于知己，其次在知彼，人贵有自知之明，能做到这一点非常难，刘邦之所以是一名优秀的领导，恰恰是他做到了。二、不拘一格。跟着刘邦打天下的人，张良是贵族，陈平是游士，萧何是县吏，樊哙是狗屠，灌婴是布贩，娄敬是车夫，彭越是强盗，周勃是吹鼓手，韩信是待业青年。他不在乎这些人的出身，只要能尽其所能，充分发挥每个人的作用即可。三、不计前嫌。韩信、陈平原来是项羽手下的人，因为在项羽手下不能发挥作用，来投奔刘邦。刘邦敞开大门，不计前嫌，一视同仁。小肚鸡肠，斤斤计较，能招到好的人才吗？即便是得到了，能留得住吗？四、坦诚相待。这不仅仅反映了一个人的素质，更是为人处世的一条原则。人才不仅需要应得的酬劳，更需要尊重和信任。尊重这些人才，唯一的办法就是以诚相待。张良在鸿门宴之前问刘邦，大王打得过项羽吗？刘邦的回答是'固不如也'。后来韩信来，也问了这样的问题，刘邦也坦诚相告，'固不如也'。之所以这些人能够帮助刘邦，前提是刘邦如实相告、绝不隐瞒，信任对方、尊重对方，才能得到对方同样的回报。五、用人不疑。陈平投靠刘邦以后，得到刘邦的信任，这让很多刘邦的老随从心怀不满，便有人到刘邦那里进谗言，然而刘邦还是坚持对陈平委以重任。为了让陈平能够成功地实施反间计，刘邦拨款黄金四万斤给陈平，并且不问出入，可以想象刘邦对陈平的信任。不过，要强调一点：用人不疑的前提是你要能做到精准识人和拥有完善、可行的制约、监督体制。六、论功行赏。奖励是对一个人才贡献的实实在在的肯定。有贡献要奖励，奖励要合适。要做到赏罚分明。刘邦夺取天下以后，根据各人的功绩，对功臣论功行赏，不但封赏了萧何、张良、韩信、彭越他们，还封赏了他最不喜欢的人——雍齿。当然，只要你想学，这些都可以在网上查到，我只不过是帮你走了捷径。世界现代猎头史只有区区数十载，而中国猎头史可以说已悠悠几千年。

这都是祖先们给我们留下的宝藏。”

时加宪的倾囊而授使孟幻琪亢奋起来。她太需要这些了！

“一项计划的实现，策划最多只起到30%的作用，其余的要靠执行。一流执行力，能把三流的计划做成二流或一流的效果，但一个三流的执行力，即便是一流的计划，他也只能做成三流的效果。所以企业的执行力必须重视。

“有句古话：‘用师者王，用友者霸，用徒者亡。’‘用师者王’就是领导者非常谦虚，尊奉真正贤能之人为老师，从而‘王天下’。例如周文王和周武王尊姜太公为师，齐桓公尊管仲为仲父，都是用师。‘用友者霸’就是领导者对下属像兄弟朋友一样。例如刘邦用萧何、韩信、张良，刘备用诸葛亮，都是用友。‘用徒者亡’则是指专用言听计从、唯唯诺诺、顺人喜好的人，那是必然会失败的。这是曾子体察历史经验而后据以说明历史兴衰成败的用人大原则，这是古代施行王道、招揽人才的办法。

“如果遇到有以下特征的人，多半不可重用。对于付出立即要回报、不愿意承担任何风险、对新事物反应迟钝、总幻想一夜暴富、不情愿让身边的人成功的人，多半不可重用……

“‘二战’期间，某国空军降落伞的合格率为99.9%，这就意味着从概率上来说，每一千个跳伞的士兵中会有一个因为降落伞不合格而丧命。军方要求厂家必须让合格率达到100%才行。厂家负责人说他们竭尽全力了，99.9%已是极限，除非出现奇迹。如果是你，怎么解决？”

时加宪提出问题，孟幻琪努力思考了一会儿后，答道：“那我就每次交货前从降落伞中随机挑出几个，让厂家负责人亲自跳伞检测。”

“很好，和当时的将军想法一致。自从改变了降落伞质检制度，合格率奇迹般地达到了100%。再问一个问题，某国有个习惯，前面的人喜欢帮后面的人扶门，为什么？”

“应该不仅仅是因为他们素质高吧？一定还有别的原因……难道是法律？规章制度？”

“嗯，这个国家的政府制定了一套规则，比如关门时不小心把人撞了，你得无条件赔偿，还得帮人医治。这些规定都很具体，操作性很强。还有遵守交通规则、按秩序排队等等，随着时间的推移，这些良好的行为就变成了习惯，整个社会就变得文明起来了。在组织里，好的制度，能让坏人干不了坏事；不好的制度，会让好人变坏。企业管理者，立规矩、定制度，是一门非常讲究的艺术。别忘了之前讲到的——执行力。既要制定出操作性强、具有能达到管理目的的制度，也要做到执行到位。

“企业在成立和发展的过程中，机构的设立不合理，往往会成为很多矛盾的源泉。机构一旦成立，就需要进行人员配置，随即要产生工资待遇、职务确定、职权设定、考核标准等一系列问题。仅拿孟氏举例，如此庞大的集团，人力资源部的最高管理层只设置了‘人力资源经理’一职。按常理来说配置一名‘人力资源总监’的职位也很常见。为什么孟氏要这么做？”

孟幻琪眉头紧锁，头脑中飞快回忆着这段时间所学到的企业管理知识，然后说道："人力资源通常划分六大模块，而现在，极少有企业能将真正的这六大权力完全授权给人力资源部门，所以人力资源总监这个职位的能力就不能被全部利用。实质上，即便是设置了'总监'一职，也是做着'经理'的工作。还有，您之前说过，企业最大的 HR 就是老板，如果老板不懂人力资源的作用，再高级别的人力资源管理层也发挥不出全部能力，如果老板懂，那也就没必要再设置一名重复性的职位。再有，做好高标准的人力资源工作，仅依靠一名人力资源总监远远不够，若要将这个部门的所有编制全部配齐，一是用人成本太高，二是平常根本也用不上。孟氏日常的人力资源工作，曲经理的部门都可以完成。如果涉及更高端的人力资源服务，通过德才胜华这样的战略合作伙伴更为有效，成本支出也更为合理。"

时加宪欣慰地点点头："不错。现在很多企业规模没多大、人数也不多、业务量更没多少，但总喜欢将名头叫得很响，职位定得很高。过于在意对外的面子，而不下功夫练企业的内功。这一点应该向孟氏学习。"

时加宪多年所学所用的经验，毫无保留地教给了孟幻琪。可能有人会说，孟幻琪运气好，有高手倾囊相授。但扪心自问，这样的机会谁又没有过呢？上学时，我们有相同的老师、相同的教材、相同的授课内容，为什么每个人的成绩不一样呢？再有，当长辈们用他们一辈子的生活感悟和生存经验，苦口婆心地叮嘱处在青春年少的我们时，又有几人能用心去领会呢？

如果说孟幻琪是孟云的女儿，天生就有良好的资源，才获得了这样的机会，那吴常和王晓红呢？他们作为普通职员，通过普通招聘方式进入公司，又通过常规选拔程序来到猎头部，和绝大多数人都一样。再说时加宪，他通过自学考试获得学历，没有听过名师授课。他挖掘自己的能力，跟着牛总一路打拼、一路思考、一路摸索走到今天，从没有向谁抱怨或为自己找过任何借口。成长的过程中，最不该有的就是“借口”；成功的道路上，最应该摒弃的就是“寻找借口”。

特训到了中期，接下来的部分主要由吴常和王晓红来完成。时加宪如有空闲，则在一旁观察。

吴常一脸坏笑地看着孟幻琪：“从今天起你进入期中考试，为期十天，每天十小时的‘双十’标准。”

孟幻琪被弄得一头雾水。她知道大家都是为了帮她，也不多问，静静等着。

王晓红突然板起脸，一副公事公办的样子：“现在你是老板，我和吴常扮演你的下属。准备好了吗？开始。孟总，吴常的事业部已经连续六个月出现亏损，而且越来越严重，经过分析是营销策略和管理方法的原因。我们需要给这个事业部换一名新的负责人。”

孟幻琪还没完全厘清头绪，吴常又一脸无辜地开了腔：“孟总，我是咱们孟氏创业最难的时候就跟着您摸爬滚打过来的，这么多年我为孟氏付出的别人不知道，您还不清楚吗？这六个月是不太理想，但我亲自带着员工是玩命干，一天都没休息啊！”

王晓红撇着嘴：“孟总，再这样下去不出三个月事业部就要破产，1000 多人就要失业，我们华东市场就要让给我们的竞争对手。跟这样的代价相比，换掉一个人是不是容易多了？”

吴常一听王晓红这么说，马上就喊起来：“孟总如果您把我这样为公司立下汗马功劳、现在还在为公司拼命的元老给撤了，公司的其他员工会怎么看？让大家怎么想？”

孟幻琪面露难色。她看了看时加宪，但时加宪什么也没说，只是微笑地看着大家。

还没等孟幻琪回答，王晓红又带着火气说：“孟总，这个月的回款没有到账，员工工资还差 13 万资金。怎么办？”

吴常也没让孟幻琪省心，也跟着喊：“孟总，最近行政部在公司制度上执行不严，员工很涣散。怎么办？”

王晓红紧接着又说：“孟总，现在其他公司都上了 ERP，我们是不是也该上一套？”

吴常又说：“孟总……”

“孟总……”

“孟总……”

一声声呼唤让孟幻琪一个头变成两个大。不是她不够聪明，也不是她不够努力，而是要管理好一个企业，要把纷繁复杂的事务处理得井井有条，实在太难了。现在她算是彻底明白母亲过的是什么样的日子了。

中期特训的目的，是让孟幻琪在最接近真实的模拟场景中，把初期学到的知识逐步转化成自己的思维方式和自然反应模式，进而塑造她的行为特质。当然，也是在强化孟幻琪的心理素质。仅仅“知道”

远远不够，在各种巨大的压力下，能保持冷静、理性的状态更为重要。这就是优秀的管理者必须具备的“高情商”——知道即能做到。

时加宪本身的操作能力很强，而他这种将能力以最有效果的方法传授给别人的本事更让人感叹。一名优秀的管理者，有一项重要技能就是培养接班人，也许很多人都明白，但又有几人能做到呢。

孟幻琪由衷地感谢身边的这些人，他们都以最大的付出来帮助自己。从最初的仇恨，到现在的感动，孟幻琪走过了一段奇特的心路历程。

特训已到后期，时加宪、吴常和王晓红做了个计划。

时加宪让孟幻琪请任丽把孟氏近期出现的问题收集起来，他们把这些问题做了一个分类——既重要又紧急的、紧急的、重要的和不重要不紧急的。针对整理出来的问题，暗访相应部门。

他们有时是找上门的客户，有时是向保安问路的路人，有时是调查员。伪装的身份林林总总不一而足，为下一步做了非常充分的前期准备。

第三阶段的特训，本质上已是实战。针对目标问题，收集第一手资料，以制订有效解决方案，这只是一个目的。时加宪还有另外一个目的：按理说，任丽提供的这些信息都可以被直接采用，不需要再重新走访和调查。但孟幻琪直接空降孟氏集团的最高层，虽有孟云的铺路和在德才胜华的历练，但这些对于管理孟氏还远远不够。以后孟幻琪要面对的是不断走出管理困境和作出重要决定，而这些的基础是准确的信息和数据。为了能够掌握最真实的第一手资料，必须学会这项技能，养成这种习惯，增强这种意识。

比如，提供这些信息和数据的是你的下属，而出问题的正是这名下属；再比如，你的下属没有问题，但做这些工作时有所懈怠、投机取巧，认为你不懂，可以在你面前蒙混过关。该怎么办？

都说群众的眼睛是雪亮的，我们要深入群众。最真实的信息在基层、最有价值的意见在基层、所有的决策要产生效果都需要落实在基层，但一个人在高位上坐久了，渐渐就会忘本，忽略了企业的根在哪儿。时加宪要通过这种方式，让孟幻琪明白，要永远守住这个“根本”。

历时两个月，孟幻琪的特训已接近尾声。几人聚在会议室里做着最后的准备。时加宪严肃地说：“今天的任务最为重要，大家能坚持吗？”一听这话，吴常的嬉皮笑脸瞬间就消失了。

“要不让大家休息一天吧？我再捋捋思路。”孟幻琪说。

时加宪笑了笑：“这样吧！吴常今天休息，我们三个来完成这个任务。”

吴常听了大喜过望，又装模作样地说：“这怎么好意思呢……”

时加宪并没搭理他，而是一本正经道：“幻琪以优异成绩从学校毕业，还努力完成了这次特训，明天孟氏召开自程东离开后最大的一次高层会议，孟总已经安排好了你登场前的最后一步，从明天开始，幻琪就是新任孟总，所以，今天的任务是——好好放松。”

“老大！我吴常什么时候掉过队！这么艰巨的任务没我吴常怎么行！绝对不可以！是不是？”

时加宪瞟了他一眼，接着说："把林琳也带上。怎么放松，你们先商量一下。"

"好嘞，我去找她！"吴常高声回应，一溜烟跑了出去。

"我去换件衣服。"王晓红也高兴地走了。

一时间，办公室里只剩下时加宪和孟幻琪，气氛有些莫名的尴尬。

孟幻琪摆弄了一会儿衣角，抬头说："谢谢你。以前我给你出了那么多难题，你还……"

"哪里话，应该谢谢你锻炼了我。"时加宪笑着。

孟幻琪沉默片刻，取过自己的提包，从中拿出一副墨镜。

"你那副戴得太久了，换一副吧。"她把墨镜递过去。

"谢谢……那个……还能用。"时加宪突然结巴起来。他站在那里，看上去有点傻。

孟幻琪把墨镜塞到他手里："你嘴上说过去了，但还是没能忘了她。我知道这是她送给你的，你一直戴着，想折磨自己到什么时候？说不定她都已经不记得你的名字了。"

时加宪突然明白了："孙哲把这些事都告诉你了?!"

"你别拿孙哲说事，现在说的是你！"孟幻琪语气严厉，但目光中充满了同情和温柔。

时加宪有些无奈："那就说我吧——如果我足够优秀，她不会背叛我，还是我自己做得不够。凡事多从自身找找原因吧！"

孟幻琪很抓狂。有些人你说他傻，他做起事情来比大多数人都聪明；可你要说他聪明，他又能钻牛角尖直到地老天荒。

“你可要真的把我气死了！六年了！还坚守什么？守着那副过了时的旧墨镜吗？你戴上它能看见什么，还是看不见什么？别再伤害自己了！”

时加宪的表情在墨镜后飘忽不定：“不是你想的那样。”

“那是什么样？”

“诸葛亮与阿丑初次见面后，阿丑特意做了把鹅毛扇赠予诸葛亮，问：‘君可知其意？’诸葛亮说：‘鹅毛虽轻，情义却重！’阿丑说：‘这是其一，君可知其二否？’诸葛亮道：‘倒要请教。’阿丑道：‘我与君交谈之时，谈到刘备兵少将寡，夺天下困难重重时，君面露难色；当谈到刘备为人忠厚，深得民心，必夺天下时，君即面呈笑容。谈到曹操挟天子以令诸侯，君怒气外露。君即将出山，肩负重任，千头万绪，全系一身，遇事必须从容、冷静。古人云“喜不大笑，怒不暴跳，哀不嚎哭，乐不轻佻”，见君高兴面则喜，畏难面则愁，今赠鹅毛扇，可作遮面之用。’我很多时候还做不到遇事镇静自若，处变不惊，墨镜对我来说就是鹅毛扇。”

说完，时加宪打开抽屉，取出一副女式墨镜递给孟幻琪：“明天要是撑不住，它会有用。”

第二十六章　繁华再续

人，不该浮于世。

无论来自豪富之家还是积贫之境，都可以有自己的一番作为。

人，更应该承担起一份责任。

就像《蜘蛛侠》中的一句台词——能力越强，责任越大。

我们羡慕所谓“富二代”富足的人生，但在我们没看到的角落，他们可能也在舔舐着伤口。

第二天一早，孟氏集团会议室门前，接到消息的任丽已等候多时。孟幻琪戴着墨镜，一身正装，领着秘书打扮的时加宪、吴常、王晓红来到任丽面前。

“幻琪，你准备好了吗？”任丽走上前去握住孟幻琪的手。

任丽太清楚接下来孟幻琪将要面对的是什么样的处境。她心疼孟幻琪，同时多少有些忐忑。她信任孟云，也支持孟云的决定，但孟幻琪那张稚气未脱的脸，无论如何也不能让她放下心来。

“以我妈妈现在的情况，我还有别的选择吗？”孟幻琪轻叹。面对任丽，她的表情不再那么僵硬。第一次经历这种考验，说心里不怕，那都是假的。但只要露出一点点胆怯，今天就会是一个天大的笑话。

任丽攥了一下她的手："孟总都已经安排好了。"

是浴火重生成为凤凰，还是跌落凡尘贻笑大方，就看接下来这几十分钟了。孟幻琪深吸一口气，定了定神，随即对保安点点头，示意将会议室的门推开。

伴随着高跟鞋的声音，孟幻琪出现在众人面前。

大会议桌两侧的孟氏高层把目光都投向了她，一时间表情各异，有人眉头紧锁，有人满面惊诧，有人恍然大悟。孟云坐在会议桌正位不远处，一名医护人员陪伴着她。她温柔地看着孟幻琪。

孟幻琪来到孟云跟前，蹲下身子，将手轻轻放在孟云盖着毛毯的腿上，轻唤："妈妈。"

"孩子，难为你了！"孟云抚摸着孟幻琪的头，心疼又欣慰。

"放心，我可是您的女儿。"孟幻琪抬头微笑，言罢起身，面向会场扫视了一圈，这才来到会议桌顶端原来孟云的位置坐下。墨镜被轻轻地放在桌上，发出"嗒"一声响。

在场的大多数人都没见过孟幻琪。不过即使之前不认识，此时也大体明白了。大家默不作声，静静等着接下来事情的发展。

任丽来到孟幻琪左手边坐下，而时加宪和吴常一言不发地站在门两侧。王晓红坐在了孟云身边，方便提醒孟云在必要时帮助女儿，并且避免她在过度担心时阻止女儿。当然，这种陪伴也是在坚定她的信心，稳定她的情绪。

孟幻琪从文件夹里拿出文件，然后又拿出手机，关机之后放在会议桌上。

任丽环视会场，然后开口道：“各位孟氏的同人大家上午好。今天是孟氏在特殊时期召开的第 32 次会议。重点讨论之前争议很大，又长期没有得到解决的问题。今天的会议由孟总的女儿——孟幻琪小姐代为主持，她将临时承担代理总裁的职能。大家欢迎。”

任丽说完带头鼓起掌来，不过看起来这些孟氏的股肱之臣并不买账，掌声稀稀拉拉，还不如没有，连起码的礼节都算不上。几个看上去比孟云还要年长的老者甚至不屑地笑了笑，手动都没动。至于孙总监和唐总，二人之前一直都在觊觎程东的位子，而今天突然空降一位小孟总，让他们既感意外又甚为不悦。孟幻琪看在眼里，这些除了让她燃起更强的斗志以外，没有任何影响。

掌声结束后，任丽继续道：“按照程序，我在这里宣读一下会议纪律。一、不得随意走动；二、不得吸烟；三、手机关机，不得接打电话；四、会议发言不得涉及与会议无关的话题和不当言论。下面请孟小姐讲话。”说完，任丽对孟幻琪点了点头。

孟幻琪坐直身子：“各位孟氏的前辈大家早上好，首先请允许我向各位表示由衷的感谢，谢谢各位这么多年来，对我母亲的支持和对孟氏的贡献。谢谢！”

说着，她站起身来，向所有人鞠了一躬。那表情、那举止像极了当年意气风发的孟云，让在场的老一辈高管在一瞬间都有那么一丝恍惚，仿佛又回到了当初那个共同奋斗的年代。虽然掌声不算热烈，但孟幻琪还是清楚地感觉到，情势开始舒缓了。

“今天的会议我们来讨论……”一语未完，一阵刺耳的手机铃声传来，紧接着就看见孙总监起身跑去了门外。想必，是什么重要的电话。

孙总监出了门，孟幻琪也停止了讲话。大家都盯着她，刚刚缓和的气氛又一次紧张起来，以至比之前更甚。所有人都想知道下一步她要怎么做。唐总的嘴角显出一丝冷笑。孟云也攥住了王晓红的手。孟幻琪沉默良久，把手挪到墨镜上，一直站在门口却观察着全场的时加宪快步走到孟幻琪身后，耳语道："山竹花开，麒麟臂现。"

有些人开始交头接耳。

孟幻琪不语，无视这种喧杂。时加宪回到门口，正遇上孙总监推门而入，他看了看时加宪，抛出一个蔑视的眼神。

"不好意思，一个重要电话。"他跑回座位，一脸的满不在乎。

"孙总监，你现在收拾一下个人物品，去人力资源部办理离职手续。"孟幻琪那平淡的语气就像是在说一件无关紧要的小事。会场瞬间一片哗然，众人错愕不已。孙总监呆若木鸡，缓了缓神才瞪着孟幻琪说："什么？"他又把目光投向远处的孟云。

孟云没做任何表态，神色凝重地看着全场。

孟幻琪望了一眼任丽手中的会议流程，冷冷地说："任助理刚刚才宣读完会议纪律。第三项。"

"就因为这个？你知道我现在的工作突然放手对孟氏意味着什么样的后果吗？"孙总监的表情有点难看。任谁在公开场合被宣布开除心情都不会好，何况对方还是一个没有任何资历、乳臭未干的小姑娘！

"财务经理王树，国家一级注册会计师，大型企业高端财务工作11年，已来孟氏4年。最近3年的数据统计、财务审核、手续申报、材料办理等工作都是由她组织完成。她还跑下了65%的贷款。她是一名业务和管理能力都很优秀的双料人才，接替你没有任何问题。交接工作可以在3小时内完成。你说对孟氏会有什么后果？”

孟幻琪数据翔实、分析准确、不屑一顾的回复，击中了孙总监的软肋，他忽然有些窘迫。“……不是……孟总，”他望着孟云，嘴唇颤动，“刚才那个电话确实太重要！你知道现在孟氏正上新的生产线，资金缺口太大……”

“分行的刘行长是吗？”孟幻琪的话刚出口，孙总监就拧着眉不动了！其他人也有些发愣。

“……你怎么知道？”孙总监有些难以置信。

“因为是我让他给你打电话的。”孟幻琪冷冷地说。

孙总监变了脸色，吼道：“你这不是故意耍我吗？”

孟幻琪敲了敲桌子：“在场所有的手机在这个时间都有电话打进来。可只有你的手机响了，而且你还接了。”

孙总监一脸错愕！其他人下意识地去摸手机。的确这个时间所有人的手机都有电话打进，只不过有的刚被拨通，铃声还没来得及响起，就被挂断了；还有的已经关机或调成了静音。

孙总监的理由苍白无力。既然挽回不了，便不再做无谓的争辩。

“让我离职可以，但我现在就要办手续，现在就给我结清工资。”孙总监转头对人资部经理说，“曲经理，你也别开会了，给我办手续去吧！省得也受这份气。”

孟幻琪摆摆手：“这件事不用打扰曲经理，交给周翔办理就可以了。以前这样的事曲经理不都交给她来做吗？而且没有一次出错。”

这话让曲经理后背一凉，看来孟幻琪已经知道自己部门的事情了。“那我去叫她？”曲经理略有忌惮地问。

“不用了，她就在外面。”孟幻琪意味深长地看了曲经理一眼。

孙总监既尴尬又气愤地离开了会议室。从这一刻起，在场的人重新认识了孟幻琪。

“我们继续。今天的会议只讨论长期没有解决而又必须解决的一个最棘手的问题。这个问题用时最多30分钟。每人发言累积不超过5分钟。任助理你来计时。”

任丽点头确认之后，孟幻琪问道：“谁先说？”

唐总目睹了刚才那一幕，已完全明白了孟云的想法，又见识了孟幻琪的做事风格，再三衡量了自己的处境后，觉得继续踏踏实实地做好基地老总才是对自己最有利的选择，所以收回了所有情绪，率先发言道：“现在我们生产基地的周边冒出了一百多家家庭作坊式的小厂。它们生产的都是我们产品的零部件，除了核心的高技术零件外几乎全都能生产！”

坐在他旁边的另一位高管补充道：“这些小厂生产的大都是我们设备的消耗品，质量参差不齐，但就是便宜！相当于我们价格的1/2。很多客户都用这些小厂的产品，出了问题还找我们。这不但减少了我们的收入，还增加了我们的售后量！”

产品经理的发言重点在解决问题：“所以我们准备上新的生产线，以增加产量的方式进一步降低成本，满足客户需求。”

财务副总监现在状况尴尬，按说顶头上司被辞退，该是她的大好机会，可谁想到被一个经理顶了位置，这种事情发生在谁头上都让人窝火，但她又不得不说："增加生产线的前期投入太大！建设周期又很长！特别是现在我们的资金流不够，必须靠贷款或融资，这样难度……"

产品经理随声附和："是啊！我们正处于两难的境地。但要是再不解决，我们的日子会越来越难。"

并购经理一直没出声，现在才忍不住说："与其自己建生产线，不如收购这些小厂，起码建设周期短！"

财务副总监摇摇头："那样新问题也会出现。一百多个收购案，一个厂一个样，我们有那么大的精力和人力吗？"

……

"也就是说，到目前为止还没有一套可行的方案，对吗？"孟幻琪听到这里才发问。

所有人都沉默下来，一时间会场里落针可闻。

"时间快到了。既然各位没有得出结论，那我这有一个方案。在阐述方案之前，我与各位确定一点，不是一百多家，而是一百零七家！这套方案既不需要建设新的生产线，也不需要收购这一百零七家小厂。"

孟幻琪的话引来了众人疑惑的目光。

"由我们购买他们的产品，而且按照他们目前价格再加10%。"

话音未落，会场又掀起了轩然大波。任丽连忙制止。

“你们没有听错，但我们采购需要满足几个条件。一、全部购买，也就是他们生产多少我们要多少。二、要达到我们的技术要求和质量标准，我们可以给予他们免费的技术支持和指导。三、由我们定期为他们提供免费的品控和管理的培训。四、产品由我们验收，检验通过合格后，使用我们的品牌及包装。这样我们可以从技术、市场渠道、品牌优势等多方面进行实际控制，也能利用他们减少投入、分担风险，并且使我们的生产分配更加灵活。”孟幻琪沉着冷静，胸有成竹。

人力资源部的曲经理皱眉：“这样我们的管理成本就会加大！”

“那谁有比这更好的方案吗？”

孟幻琪看了看曲经理，又望着其他的高管。会场一片寂静。

“在没有更好的方案之前就按这个方案执行。各位，三十六计中第十六计欲擒故纵大家都了解。古人说的穷寇莫追，不是不值得追，而是在把对方逼入绝境时，对方会殊死一搏，很可能给我们带来更大的损失，放其一条生路，既能达到我们的目的，也能有效避免未知的风险。大家试想一下，如果我们真的让他们没有生意做了，他们会怎么样？也许是生产质量更差、价格更低的产品，我们的麻烦会更大！也许他们联合起来一起对付孟氏。四两拨千斤，力不在大，而在巧。”

这一刻的孟幻琪像一个古老的剑客，轻易不会拔剑，但剑一出鞘，必定带出一片血花。

在场的所有人都用一种十分惊奇的眼光看着孟幻琪，不少人眼睛里还流露出一丝钦佩。

“如果哪位想担任这个项目的项目经理，三天后把细化的方案交给任助理。四天后我们公开评审。祝各位成功。曲经理，郑福山的事你能说一下吗？”

曲经理急忙点头：“郑福山在孟氏近20年，一直在新产品研发上发挥着重要作用。9个月前他带孩子去公园，结果路上发生了交通意外，他妻子和孩子伤势不重已经出院，可他……”

“事情是怎么处理的？”孟幻琪关切地问道。

“我们按照最高的补助标准，发放了10万元。大家个人还凑了些，一共35万左右。”曲经理翻看了一下自己带过来的记录，肯定地说。

孟幻琪眉头皱了起来：“他父亲和母亲健在吧？”

“是的，70多岁了。”

担忧的情绪在会议室里蔓延。

孟幻琪思索了一下，说道：“曲经理，等王树交接完工作，你替我传达两个决定，一、任王树为孟氏集团新一任财务总监。二、由人力资源部和财务部共同执行以下决定：从现在开始郑福山的工资正常发放，由其妻子领取50%供孩子上学和日常家庭生活开销，50%由其父母领取，以供赡养老人之用，直到孩子年满18周岁，或二老故去。他的技术奖金和项目提成照常计算，由集团代为保管。在老人生病住院，孩子上大学、创业或结婚等特殊情况下及时提供。还要组织一个志愿者团队，定期或不定期去帮助他的家人。包括我在内，每个高层轮流带队。这一决定由曲经理在职工大会上公布，让全体员工协助监督。孟氏绝不允许一名为集团奉献20年、立下赫赫战功的功臣带着遗憾而去！”

所有人都沉默了，时空好像凝滞了一样。过了一会儿，不知在谁的带领下，会议室里响起了雷鸣般的掌声。

“好了，从明天开始，每次开会有以下几个新要求。一、每个问题的讨论时间不得多于30分钟，每次会议一般不多于3个议题。二、每人发言时间累积不得超过5分钟。三、在开会前，每名与会人员要提前熟悉会议内容，会上不再陈述，开会期间只讨论做或不做，和怎么做。四、会议期间，发言者不但要提出问题，还要拿出解决问题的方案，并且要三套以上。五、没结果的会议不要开，开了，就要做出决定。各位，我表述得清楚吗？”

孟幻琪的声音那么年轻、那么澄澈，但包含在语气中的沉稳和坚定，以及那从骨子里透露而出的霸气，让在座的高管们不敢再用资历来衡量她；她的脸庞那么青春靓丽，但眼神中那种入木三分的穿透力和收放自如的智慧让这些人都不敢再轻视她；她的纤腰柳肩看不出能担起什么重任，但她出手之果断，说话之滴水不漏，都不得不让这些人对她另眼相看。

一位孟氏元老带头鼓起掌来。这掌声完全发自内心，是对孟氏接班人的赞许和期望，更是对这位“学生总裁”的惊讶和折服。

孟幻琪接受了严格的训练，却偏偏没有做好接受这般热情的准备。一时间，孟幻琪的头脑一片空白，乃至她的表情还定格在严肃和凝重中。这就更让大家惊奇：这个小丫头居然有如此的定力！不过仅仅是一瞬间，孟幻琪就恢复了常态，她示意大家平息掌声，宣布散会。

众人陆陆续续离场，几位元老来到孟云跟前，赞美之词不绝于耳。

孟幻琪很快将会成为孟氏的焦点，这不单单是因为她身上发生的不可思议，更重要的是，在孟氏尚未解除危机时，她为孟氏带来了一股年轻的、强大的能量。

会议结束了，孟幻琪走到窗边，看着自己在玻璃中的身影。虽然桩桩件件都是亲力亲为，但回想起来就像做梦一样，完全不清楚自己是怎样支撑下来的。她又转过头，看看身边的时加宪等人，傻乎乎地笑了……

阳光透过窗户洒进来，久违的温暖和明亮让大家的脸上泛起了大战胜利后的舒缓和愉悦。透过玻璃幕墙俯瞰外面的城市，路如蛛网，一望无际。闪光的湖面倒映着郁郁葱葱的树林，鳞次栉比的楼房享受着阳光的沐浴。车水马龙、人头攒动，就是这座城市生机盎然的灵魂和奔腾前行的血液。

直到此时才发现，我们始终处于绝佳的观景位置，却一直忽略了绝美风景的存在。我们或沉于迷茫，或苦于困境，或听天由命，或轻言放弃；人人都有追求梦想的权力，但往往忽略了对梦想的那份敬意；人人都知道坚持的理由，但又有几时给过坚持以信任！

在迷茫中寻找方向、在困境中探求出路、在绝望中握紧希望、在平凡中创造奇迹。猎头世界内外，你我都可以验证奇迹诞生的法则。

后　记

本书以我的亲身经历创作完成，其中故事元素皆有真实来源。

当我进入猎头行业成为一名猎手那天起，就被它的魅力所折服。真正的猎头小可助人、大可利国。国家的强大是源于更多行业、更多企业、更多人才的强大。

通过这本书，我想输出自己的一份正能量，去帮助行业内更多的人，为猎头朝着规范、专业的方向发展尽一份绵薄之力。也想在众多的误解声中，为这个行业正名。

十年商海沉浮，猎者心志如初；奈何飓涛暗涌，前路且行且忧。我开始创作这本小说的时候，已经决定离开猎头行业。面对导师惋惜的目光，百般纠结；难舍那么多年一起携手创业、攻克一个个棘手项目的同事；回想那些成功案例背后的辛酸和苦涩，又是何等感慨。虽心有千般不甘，但世有万般无奈。

我很幸运地学习到了老一辈猎头工作者优良的操作技法和最本真的行业宗旨，它本应属于千千万万从事这一工作的同行们。我没有资格将其独占和隐藏，因此写出来，愿与曾经的和路上的猎手们共勉。

也希望本书能给予困惑的求职者们一些启迪和帮助，告诉他们未来充满希望，在重重困难中一定能找到一条适合自己发展的道路；能给予在职场打拼、奋斗的年轻人一份信心和力量，告诉他们理想有坚持的理由，实现它也一定会有方法。

让我们一起努力，一起见证。

作　者

2019 年 10 月

图书在版编目(CIP)数据

猎/曹雪岩 著.—北京:东方出版社,2020.4

ISBN 978-7-5207-1351-1

Ⅰ.①猎…　Ⅱ.①曹…　Ⅲ.①长篇小说-中国-当代　Ⅳ.①I247.5

中国版本图书馆 CIP 数据核字(2020)第 005161 号

猎
LIE
曹雪岩　著

责任编辑: 卓　然
出　　版: 东方出版社
发　　行: 人民东方出版传媒有限公司
地　　址: 北京市朝阳区西坝河北里 51 号
邮　　编: 100028
印　　刷: 北京汇林印务有限公司
版　　次: 2020 年 4 月第 1 版
印　　次: 2020 年 4 月第 1 次印刷
开　　本: 880 毫米×1230 毫米　1/32
印　　张: 8.25
字　　数: 180 千字
书　　号: ISBN 978-7-5207-1351-1
定　　价: 32.00 元
发行电话: (010)85924663　85924644　85924641
